eye.

守望者

——

到灯塔去

A Far Cry from Kensington

肯辛顿旧事

MURIEL SPARK

〔英〕缪丽尔·斯帕克 著

柏雪 译

南京大学出版社

前　言

缪丽尔·斯帕克于 1918 年 2 月 1 日出生于爱丁堡。她是茜茜和伯纳德·坎伯格夫妇（Cissy and Bernard Camberg）的二女儿，她父亲是位工程师，家族兼有犹太人和立陶宛血统。她在 1992 年出版的《自传》（*Curriculum Vitae*）中详细地记述了温馨的童年生活的点点滴滴。她的家庭虽属劳动阶层，日子过得并不宽裕，但她并没有缺吃少穿。她的母亲性格外向，有很多朋友，总是在唱歌和讲故事，她的衣着总是很特别，在布隆兹菲尔德那些衣着单调的女人中间，她显得很出众。

她五岁时，老斯帕克送她上了詹姆士·吉尔斯皮女子学校，她在那儿一直读到十六岁。在她的记忆中，那是一段快乐的时光。她曾被选为学校的"诗人和梦想家"，

1

她早年写的诗歌就发表在该校的校刊上。1929年，她遇到了她的启智老师——独身的克里斯蒂娜·凯伊，这位老师对她此后的生活产生了决定性的影响。例如，正是这位凯伊小姐，带着她和她的朋友们——"尖子中的尖子"——穿过老城区远足、看展览、听音乐会、参加诗歌朗诵，她还鼓励她，一定要当作家。她后来写道："我感觉我别无选择。"她的第六部小说，也是最有名的一部，《布罗迪小姐的青春》(*The Prime of Miss Jean Brodie*)里的女主人公不能说是完全按照凯伊小姐的模子写的，但和凯伊小姐十分相似。和离经叛道的布罗迪小姐一样，凯伊小姐热爱意大利文化，天真地崇拜墨索里尼，将墨索里尼的画像挂在墙上，和文艺复兴大师们的画作挂在一起。

毕业后，斯帕克报读了赫瑞-瓦特学院的一个概要写作班。后来，她找了份工作，是一家百货商店店主的秘书，该商店位于苏格兰首府的主干道王子大街上。在一次舞会上，她邂逅了曾经的犹太教信徒西德尼·奥斯瓦尔德·斯帕克(Sydney Oswald Spark)，她事后想，他名字的首字母应该是在提醒她离他远点儿，这位"SOS"和她爷爷奶奶一样生于立陶宛。她十九岁，他三十二岁。他想去非洲教书，缪丽尔呢，迫切想离开爱丁堡，开始自己的生活，于是答应了和他订婚。1937 年 8 月，她跟着他到了南罗德西亚(现在的津巴布韦)，9 月，他们结了婚。1938 年，他们的儿子罗宾出生，不久，他们就分居了。

第二年，战争爆发，斯帕克回家的希望落了空，她只能留在非洲。1944 年，她总算离了婚，搭乘运兵船回到英国。她把儿子交给父母照顾后，回到了伦敦，这座城市遭受了德国的闪电袭击，满目疮痍。她住在海伦娜会馆，也就是小说《收入菲薄的女孩们》(*The Girls of Slender Means*)中泰克五月会馆的原型。她在外交部政治情报司工作，这个机构存在的目的是面向德国人做反纳粹宣传。

战争结束后的几年里，她尝试以写作谋生。1947 年，她担任诗歌协会的秘书长并兼任协会杂志《诗歌评论》(*Poetry Review*)的编辑。然而，她和传统主义者之间产生了分歧，包括节制生育运动的发起人玛丽·斯托普斯(Marie Stopes)。斯帕克说，很遗憾，"是她的母亲没有节制生育而不是她"。她的第一本书《致敬华兹华斯》(*A Tribute to Wordsworth*)是与她当时的恋人德里克·

斯坦福(Derek Stanford)合作完成的,于 1950 年出版。
两年后,她凭小说《撒拉弗和赞比西河》("The Seraph and
the Zambesi")赢得了《观察家报》(Observer)发起的短篇
小说创作比赛。1952 年,她的处女作诗集《〈芳法罗〉及
其他诗作》(The Fanfarlo and Other Verse)问世。

她于 1954 年皈依天主教,碰巧在此期间,她开始创
作她的第一部小说《安慰者》(The Comforters)。这部小
说于 1957 年出版,赢得了格雷厄姆·格林(Graham
Greene)和伊夫林·沃(Evelyn Waugh)等知名作家的称
赞,这样一来,斯帕克就可以辞掉兼职秘书工作,专心致
志地从事小说创作。四部小说——《罗宾逊》(Robinson)、
《死亡警告》(Memento Mori)、《佩卡姆·赖伊民谣》(The
Ballad of Peckham Rye)、《独身者》(Bachelors)和一部
短篇小说集《不归鸟》(The Go-Away Bird)接踵面世,她
的独创性和幽默感进一步得到肯定。

不过,真正让斯帕克一举成为国际知名畅销书作家
的是 1961 年出版的《布罗迪小姐的青春》。该小说被改
编成话剧和电影,女星麦琪·史密斯(Maggie Smith)在
剧中扮演题名中的女教师,她凭该剧获奥斯卡最佳女主

角奖。史密斯和她所扮演的角色紧密联系在一起，斯帕克说，很多读者甚至认为是史密斯造就了布罗迪小姐。斯帕克喜欢称这部小说为"摇钱树"，它不仅赢得了商业上的成功，也得到了评论界的一致好评，在作者漫长的创作生涯里，一直畅销不衰。在美国，《纽约客》杂志最早刊登了这部小说，编辑威廉·肖恩（William Shawn）为斯帕克提供了一间办公室，她在这里创作了两部小说，《收入菲薄的女孩们》和《曼德尔鲍姆门》（*The Mandelbaum Gate*），后者获詹姆斯·泰特·布莱克纪念奖。

1967年，斯帕克厌倦了纽约的喧嚣和幽闭，去了意大利和罗马。同年，她获得大英帝国官佐勋章（OBE），还出版了第一批短篇小说集和诗集。她不断有长篇小说问世。1968年出版的《公众形象》（*The Public Image*）入选布克奖候选名单。斯帕克自认为她最好的小说是1970年出版的《驾驶席》（*The Driver's Seat*）。1974年，她出版了《克鲁修道院院长》（*The Abbess of Crewe*），这是一部暗讽"水门事件"的小说，故事的背景是修道院。

二十世纪七十年代中叶，斯帕克离开罗马去了托斯卡纳，住在她的艺术家朋友佩内洛普·贾丁（Penelope

Jardine)闲适的乡下老房子里。房屋被葡萄藤和橄榄树环绕,在这里她可以专心写作,不用担心有人打扰。此间创作的第一批小说有《接管》(*The Takeover*)、《领土权》(*Territorial Rights*)和《处心积虑》(*Loitering with Intent*),《处心积虑》再获布克奖提名,这幢房屋也成了她最后的家。

她晚年常常病魔缠身,但她从未停止创作。写作是她的天职,她始终笔耕不辍。她总是在写诗,从不缺写小说和戏剧的点子。她晚期的作品有《肯辛顿旧事》(*A Far Cry from Kensington*)、《学术会议》(*Symposium*)、《现实与梦想》(*Reality and Dreams*)以及《教唆》(*Aiding and Abetting*)等。她的收笔之作是《精修学校》(*The Finishing School*),于2004年出版,小说中的大部分人物都是未来的作家。两年后,斯帕克溘然长逝,终年八十八岁,葬于基亚纳河谷奥维托村带围墙的公墓里。她的墓碑上仅仅用意大利文刻着:诗人。

(彭贵菊　译)

一

　　白天实在太喧嚣，往往在夜里我都躺着不睡，聆听着寂静。最终，我在万籁俱寂中安心地睡去；但在我还清醒时，我享受着黑暗、思考、回忆，还有预料之中甜蜜的失眠带给我的感受。我听到了寂静。本世纪五十年代初期，我养成了失眠的坏习惯。失眠本身并不坏。你可以在夜里躺着思考；失眠的质量完全取决于你决定思考些什么。你可以决定思考什么吗？——是的，你可以。大多数时候你可以下定决心去做任何事情。你可以安静地坐在空白的电视机前，什么都不看；你迟早能让你自己的节目比大众节目更精彩。很有趣的，你可以试一试。你可以把你喜欢的人单独或者一起放到屏幕上，说你想让他们说的,做你想让他们做的,如果你愿意,还可以把你自己放进去。

夜里,我清醒地躺着,凝视着黑暗,聆听着寂静,想象着未来,挑选着我过去忽略了的细枝末节,它们曾被弃如敝屣,此刻却涌上心头,显得举足轻重,于是命运的重量不再压在我当下生活的难题之上,无论是什么难题(人活着,哪一天不会遇到难题?为什么要把夜晚浪费在它们身上?)。

肯辛顿与二十世纪五十年代——我那些不眠之夜的背景——往往遥不可及。即使是现在,当我回到伦敦,回到肯辛顿,付了打车费,迎来了守候在那里的人们的问候,给朋友们打了电话,打开了邮件,当天夜里,我又找回了自己甜蜜的失眠时光,但我明白,往日的肯辛顿、老布朗普顿路、布朗普顿路,还有布朗普顿圣堂①已经远去,遥不可及。我在夜里细细思考的往往还是过去在夜里思考的东西,正如我那时的日常生活对我现在做的事情仍

---

① 即圣母无玷之心堂(Church of the Immaculate Heart of Mary),伦敦的一座罗马天主教教堂,位于南肯辛顿的布朗普顿路。(本书脚注均为译注。)

有一定的影响。

那是 1954 年。我当时住在南肯辛顿一栋高层住房里，房间配有家具。几年前，一位朋友提及"你曾经在南肯辛顿地铁站附近住过一段时间的那个出租房"时，我吓了一跳。房东米莉应该会愤愤不平地否认那是个出租房，但我想事实确是如此。

米莉那时六十岁，是个寡妇。她现在已经九十多岁了，但还是当年的米莉。

房子是半独立式的，不相接的那一侧与隔壁房子的距离不超过三英尺。街道每一侧都有十八间房子，样式相同。锻铁大门通向一条小路，路的两边各有一片碎石地和花坛，还散布着月桂树丛，小路通往房子的前门，门上带有两块印花玻璃窗。米莉·桑德斯的所有房客都有前门的钥匙，前门通向一个小门厅。米莉自己住在一楼。进来之后，右边是一个带镜子的衣帽架、几个挂外套的钩子和一个放伞的地方；其中一个平整的台子上放着台电话机。左边是米莉最好的房间，装了扇弓形窗，只用来招待访客。向前是楼梯，通往房客的楼梯平台，楼梯的左边有一条小走廊，通往米莉的客厅、厨房、卧室及隔壁的暖房，还有她家的后花园，这花园在伦敦的住房中算是相当宽敞、令人满意的了。这些街道是为上世纪的商人家族修建的。

二楼有一间浴室和几间配有家具的房间，分别租给了两个单独的房客和一对夫妇。正前方是一间客卧一体房，也装了扇弓形窗，旁边有一个小厨房；住在这里的是那对夫妇——巴兹尔·卡林和他的妻子伊娃，他们年近四十，还没有孩子。伊娃是一个幼儿学校的兼职老师。而巴兹尔，他给自己的定义是一名工程会计师。卡林夫妇异常安静。一旦他们把自己锁在房间里，就不会发出任何声音，即使是在午夜之后——房子白天的自然噪声已经结束。

卡林夫妇隔壁是一间大卧室，可以看到花园。房间里有一个洗手盆和一个煤气灶，旁边还放着个常见的深色钢制箱子，上面有便士和先令的投币口。在这个房间生活和工作的，是来自波兰的女裁缝旺达，她近乎贪婪地承受着苦难。尽管旺达·波多拉克永远无法承认她有过一刻的幸福，但她有一颗慷慨的心。她有许多客人来访，一部分是她的顾客——她的淑女们（她是这么称呼她们的),滔滔不绝地说着要怎么修改衣服的尺寸,一部分是她的波兰朋友——据她所说其中一部分是敌人。她的大多数访客都是晚上六点钟下班之后过来,对于顾客,她会给予优待,朋友和敌人则要在楼梯平台上等着,直到顾客试穿结束。旺达在招待客人的时候,并没有把工作撂在一边;她的缝纫机时不时地嗡嗡作响,其间还夹杂着男人说波兰语的洪亮声音、女人的吵嚷声和准备茶水时杯碟的撞击声。波兰语的对话听上去似乎是最响亮的,因为那些从旺达房门前经过的人都听不懂。

二楼平台的最里面是一间小一些的房间,住着二十五岁的片区护士凯特·帕克,个子小小的,皮肤很黑,胖嘟嘟的,眼睛像鸟一样又黑又圆,牙齿白得发光。她来自伦敦东区。她似乎散发出一种活力,经常能带动身边的人,当然,她也很有勇气。凯特经常晚上出去或者出远门工作,但是她在家的几个晚上都会打扫自己的房间。她对打扫这件事很仔细,也很热切,实际上她对每个人的房屋打扫都是如此。当她去别人的房间喝杯茶或者给他们量体温时,她常常会礼貌地说:"您的房间非常干净。"如果她没有这么说,那就意味着你的房间不干净。凯特讨厌细菌,那是魔鬼玩的把戏。因此,只要她晚上在家,她就会把房间里的家具拖到平台上,用滴露擦洗她的油地毡。要不是这些家具是房东所有,她早就用消毒剂擦洗它们了。米莉虽然长期以来都忍住了,但她反对凯特用沾满了消毒剂的抹布拼命擦拭她的桌子、椅子和床;够了,她说,经过凯特的大力清洁,整个房子闻着都是医院的味道。她给了凯特一些薰衣草做的花蜡,用来清洁她的家具。只要听到家具在平台上的撞击声和拖拽声,闻到薰衣草混合着消毒剂的臭味,就能知道凯特晚上一定在家。凯特发誓,等她攒够钱,有了自己的房子,一定要配耐洗的木质家具,还要涂成白色。对自己的积蓄,凯特严格地把控着,也很自豪;它们都被存在了邮局。她在房间的橱柜里放了一连串装着现金的小盒子,上面分别标着"电""煤气""车费""午餐""电话费"和"杂物"。等清洁和拖拽工作结束之后,凯特会在睡觉前十分仔细地修剪自己的指甲。她还会把第二天要穿的衣服摆放得格外整齐。有时在睡觉之前她会接过一杯饮料,雪利酒或者威士忌,但总会很严肃地叹一口气,似乎在传达她真不该拿走这杯东西,它可能会埋下祸根。

再上面一层有一间小阁楼，天花板是倾斜的，我就住在这里面。房间里安了炉子和洗碗槽；角落里是一个内置淋浴，倾斜的屋顶下面是一个又宽又矮的橱柜。

这层楼还有一间公用卫生间和另外两个房间。其中一间住着年轻的伊泽贝尔，房间里有她自己的电话机，这样她每天晚上都可以跟她在萨塞克斯郡的爸爸打电话；只有答应了这一条件，伊泽贝尔才能获准到伦敦做秘书的工作。有时，伊泽贝尔一晚上都在讲电话，除了和她爸爸，还和她的一帮熟人打电话，她那欢呼雀跃的声音，穿过薄薄的墙壁，抑扬顿挫地讲述着她那传奇般的每日经历。

阁楼这层的另一个房间更小一些，可以看到花园。这个房间住的是医学生威廉·托德。为了达到很好的听觉效果，他经常打开自己的无线电收音机收听第三套节目①的古典音乐。他声称，这种方式能让他更好地学习。

有时我会办一次聚会，我想这能证明我租住在这里。除此之外，晚上在家的我相当安静。但是一般来说，在家

---

① 1946年至1967年间英国广播公司三套全国性广播节目之一，1967年后由无线电三台所取代。

的时候,我会下楼和米莉交谈。即使是楼下米莉住的一楼房间,也经常会有喧闹声,因为房子的维修和杂活需要特温尼先生晚上来完成,他就跟我们隔了几扇门。特温尼先生之所以要在白天完成自己的工作之后再来敲敲砸砸,是因为米莉的经济能力还没有达到能请承包商或者日间工人的地步。特温尼先生贴墙纸的时候,会把纸摊在架起来的工作台上;米莉准备好面粉和水调的糨糊,然后弄成胶状拿给特温尼先生,让他糊在纸上。或者他会用一堆工具通下水道,发出一连串哐当咣当的声音,周围回荡着米莉的电视放出来的声音,而我一边喝茶一边坐在那里看着。

米莉和这个房子里还有我办公室里的其他人一样,从来都只叫我的姓。尽管我是一名二十八岁的年轻女子,但大家通常都叫我霍金斯太太。这对我来说似乎很自然,对我周围的人来说明显也很自然,我当时都没想过坚持让他们换个叫法。我是一名战争遗孀,霍金斯太太。我这个人——霍金斯太太——身上有某种特质,能招来很多秘密。我太清楚不过,而且我给人的印象确实也是有点过,我体型庞大、肌肉发达、丰乳肥臀,两条腿又长又健硕,腹部隆起、背部宽厚;我身高 5.6 英尺[①],撑得起自己的重量,而且身体很健康。当然,这样的外貌或许是人们愿意向我吐露心事的部分原因。这种体型看上去让人很舒服。我当时的照片拍出来是圆脸、宽宽的双下巴和蒙眬的睡眼。这些是黑白照片。要是有了色彩,它们一定能展现出我那带有鲁本斯[②]特征的肉体、眼睛和皮肤。而且我是霍金斯太太。直到后来我决定瘦下来时,我一下子注意到,不论是男人还是女人,他们都不再向我吐露那么多自己的秘密。顺便说一句,我可以告诉你,如果你除了胖没有其他毛病,那你很容易就能瘦下来。吃喝跟以前一样,只要减半就行。如果有人递给你一盘吃的,就留一半;如果你要吃自助餐,就拿一半。如果你是个完美主义者,可以过一会儿再吃掉剩余的一半。关于意志力的问题,如果这是一个很重要的因素,你就要把它想成当前时态下根本不存在的东西,只存在于过去和未来。在

---

① 约 1.7 米。
② 彼得·保罗·鲁本斯,17 世纪佛兰德斯画家,北巴洛克绘画艺术最杰出的代表,以肖像画和神话题材的画闻名,画作以性感裸体女性为特色。

某一刻,你决定去做或者忍住不做某件事情,而在下一刻,你已经做了或者忍住没做这件事情;这是应对意志力的唯一方法。(只有在非常人能忍受的压力下,意志力才能即时存在,但那是另一种论述。)我免费给出这个建议;它已经包含在本书的价格里。

不管怎么说,在 1954 年,肥胖的我过得很安逸,大家都称我为"了不起的女人",尽管我从未做过任何了不起的事情。大家都赞美我宽广的身材和洋溢着母性的外表。曾经有一位年轻的女性在公交车上给我让座,但我猜她比我岁数要大。我拒绝了。她很坚持。我意识到她认为我怀孕了,于是和气地接受了。大家都喜欢我,我很享受。我是霍金斯太太。

夜里十一点到十二点之间,这栋房子逐渐安静下来,最终寂静无声。但隔壁房子里住的人——一位年轻的塞浦路斯[①]人(他说他是个摊贩)、他的英国妻子和她妹妹——有时候会决定去他们家的花园吵一架,第二天道

---

① 塞浦路斯共和国,位于欧洲与亚洲交界处的一个岛国。

歉的时候会说只是产生了一点分歧。这种情况一发生就是整夜，但很少发生。通常到了午夜时分，卫生间的链子会最后被拉响一次——"是巴兹尔。"米莉说——房子里的人就都睡了。

我躺在床上，沉浸在宁静中。这种寂静是真实的，对我的耳朵来说十分美妙，而我的内心听到了更多，我再次听到了往日的声音。现在它们沉默无声，我就可以把对它们的感觉融合在一起。因此，我现在能回想起的诸多夜间想法当中，有一个就是从我半梦半醒间真正享受，甚至几乎听到那份寂静开始的，我的故事也由此展开。我的工作是我知道的所有工作中最吵闹的，我会在适当的时候对其进行描述。我现在要说的是，那份寂静唤起了我的记忆，让我想起了童年去非洲探亲时的另一份寂静：我从布拉瓦约①坐小汽车被带到了维多利亚瀑布。大自然仍处于一天中最热的时候。在某个时刻，在赞比西河繁茂的森林附近，突然笼罩着一种更深沉的寂静，让我意

① 非洲东南部内陆国津巴布韦的第二大城市。

识到先前的寂静都是错觉。

二十世纪初,米莉在家乡科克郡认识了她的丈夫约翰·桑德斯,当时他是驻守那里的一名士兵。米莉的母亲是一个寡妇,经营着一家卖杂货的街头小店,放着两张桌子,桌面是大理石做的,旁边是招待用的姜汁和柠檬水。年轻的约翰·桑德斯中士经常来买烟、聊天。有一天,他邀请米莉去一个舞会。米莉站在柜台后面,看了看她的母亲,母亲点了点头。点头就表示"好,你去吧",米莉是这么跟我解释的。

米莉讲故事的本领十分高超。有一次,我就这么跟她说了;她很困惑地看着我,怀疑我究竟是认真的还是在用某种方式暗示她的故事不是真的,于是我再也没有称赞过她的讲述风格。我只是听着,关注她是如何在恰当的地方碰巧加入了描述性的细节,用爱尔兰人擅长的方式,在合适的地方用了生动的文字,将一个场景描述得绘声绘色。她没有爱尔兰人的巧言,她从不言过其实。我能听米莉讲好几个小时。

我第一次见到她的时候,她六十岁,非常漂亮,一头银发,浓密又闪亮,五官精致。我觉得她可能曾经是个美人,但任何赞美她容貌的话都会让她很不好意思。

她的卧室没有暖气,所以她喜欢在客厅(客厅是厨房隔出来的一部分)的炉火前脱掉衣服,准备睡觉;但为此,她总要把电视关掉。无论如何她都不会在一个戏剧演员、主持人,或者于一天结束之际说几句安慰话的宗教牧师面前脱掉衣服。

也不会有人看见米莉和哪个男人一起散步。当然,她会在街上停下来和附近住的男人说话,也会陪着她认识的男人从前门走到他停车的地方,向他挥手道别。但是她不会跟他沿街散步,也不会到马路那边。她已经当了十年的寡妇。我想她遵循着自己早年的一些习惯。

在一次和她谈话的过程中,我意识到,已经生了三个孩子的米莉一直都固守着这样的想法:要怀上孩子,必然要经历一次性高潮——她称之为"那种感觉"。我没有跟她争论。我甚至没有给米莉的婚姻生活下任何结论。至于她是否认为反过来说经历过一次性高潮必然会怀上孩子这个问题,我保持沉默。

我的办公室在一栋改建过的安妮女王风格①的房子里，为了腾出空间在圣詹姆斯街开发一整块的房地产，现在已经被拆除。阿尔斯沃特-约克出版社，通常被人们称为阿尔斯沃特出版社，是那些在战时的艰苦环境——例如纸张的定量供应、英国印刷厂的短缺以及无法从外国印刷厂运送书籍——中勉强幸存下来的小型出版社之一；它之所以能维持下去，仅仅是因为公众当时对书籍十分热衷，特别是阿尔斯沃特出版社提供的严肃书籍。那时候，像现在一样，出版行业的所有工作都受到了极大的追捧，也许正因如此，薪水也很低。在这里，在大型综合办公室所在的二楼，白天所有的喧闹声一刻都不会停歇。这间屋子——我猜之前肯定是两个互通的会客厅——一端是编辑部，另一端是负责分类、邮寄、包装的综合部门。中间有三张桌子和一排储藏柜，打字和归档工作在那里进行；从事这两项工作的是两个女孩，有时簿记员凯茜会跟她们一起，每当三楼房间的会计想独自一人工作或者私下

---

① 指大约安妮女王统治时期(1702—1714 年在位)的英国巴洛克建筑风格，或者是在 19 世纪末 20 世纪初期流行的复兴形式（当时也被称为安妮女王复兴）。

接待访客时,她就会拿上好几捆账单从他房间出来下楼。

在这几个月里,在阿尔斯沃特-约克出版社倒闭之前的最后几个月里,会计师往往希望能有自己的私密空间。每当他把凯茜打发下楼送到我们这里时,我们就会猜测来访的人是谁。不祥之人。凯茜在公司的任职时间比我们任何人都要长,她不会说些什么。"执达员①最后还是来了吗,凯茜?"没有回答。她的年龄在五十岁到七十岁之间,脸上有皱纹,面色微红,可能由于频繁染发,有点秃顶,戴着副眼镜,镜片是我见过最厚的。凯茜会低下头——只有几撮头发,发根又灰又红,发尾是黑色的——看着手里的账单喃喃自语,直到我们给她送来一杯茶和一块放在茶碟里的饼干,然后她会抬起头,充满感激地冲我们微笑,但其实并不需要做到如此地步。当凯茜想在说话时压过身边的喧闹声,她会叽里呱啦地爆出蹩脚的英语。她三十年代曾在德国的一个集中营待过,后来逃脱了。

公司的名字,阿尔斯沃特-约克,没有什么地理含义。只是合伙人里有一位阿尔斯沃特先生和一位约克先生。

---

① 法律专员,负责没收无法偿还债务者的财产。

另外两位董事和股东也作为合伙人加入了公司。目前合伙人中较为年长的阿尔斯沃特先生差不多已经退休了。他在乡下生活,每个月出席一次董事会议。他戴着一顶圆顶高帽,穿着一身花呢西装,冬天会穿一件灰色外套。他个子很高,头发花白,脸很大,和蔼可亲。他会坐辆的士到公司,悠闲地爬上楼梯。但他总是匆匆离开,用最快的速度前往他在附近开的俱乐部。马丁·约克先生大约四十岁,圆脸,身形方正。

我没拿到最后一周的工资。按照1954年的估价,他们欠我7英镑。我们综合办公室这么喧闹,很可能是因为我们下意识地祈求自己能远离恶魔,就像原始部落所做的那样。恶魔最终还是会来,马丁·约克先生将因多重伪造罪和欺诈罪入狱;尽管我们这些员工都知道公司已经难以维持,但我们那时根本料不到,在不久的将来会发生多么剧烈的变化。我们只是在想,我们很快得再找一份工作了。在此期间,我们还是要继续干手头上的工作。

速记打字员叫艾维,是一个刚从秘书学院毕业的高个子女孩。档案管理员叫玛丽,十六岁,刚上完中学。包装和分类员是一个叫帕特里克的年轻男子。而我,照旧是霍金斯太太,包揽杂工、校对、文学顾问的工作,而且在约克先生和阿尔斯沃特先生各自的秘书辞职结婚之后,代行秘书的职务,后来再也没有别人来接替我。

二

在米莉家隔壁的房子里,那个塞浦路斯丈夫和他的英国妻子正在吵架。那是凌晨两点。他们是在花园里开始吵闹的,但是已经回房子里接着吵了。

米莉家的下半段楼梯通向一个带窗户的小平台,你可以从对面三英尺远的窗户直接看到隔壁的房子里;如果你坐在米莉家的上半段楼梯上,你可以清楚地看到隔壁房子一样高的楼梯平台和半段楼梯。

我本来已经上床睡觉了,但这次的噪声太可怕,我下楼去找米莉,发现她也起来了,穿着睡衣。隔壁的妻子在尖叫。我们该做点什么吗? 我们该给警察打电话吗? 我们坐在楼梯上,从平台的窗户向外看。我们楼梯的灯关了,但他们的还亮着。除了空荡荡的楼梯外,我们什么都看不到。我们房子的其他地方都很安静，所有人都睡着了，又或者他们只是忽略了噪声。

那天下午，隔壁的房子里举行了一个洗礼仪式。他们的争吵与小男孩的亲生父亲是谁有关，丈夫的一个朋友在洗礼仪式上把他拉到一边提出了这个问题。我认为丈夫毫不怀疑自己是孩子的父亲；不过，它让这对夫妻争吵的需求变得合理，他们吵吵闹闹，怒火蔓延到了花园。客人们都回家了。

显然，小男孩儿在喧闹中睡着了，因为我们听到的只有妻子的喊叫声和丈夫的怒吼声：这是背景声。

突然，他们出现在了楼梯上，也就是他们家的上半段楼梯，就在我们眼前，就像突然出现在舞台上一样。一向有着恰当判断力的米莉奔下楼去了自己的卧室，拿了一盒几乎没动过的巧克力回来。我们并排坐着，一边吃巧克力，一边看着他们表演。到目前为止，没有厮打，没有互殴；但一直挥舞着手臂，以示威胁。然后，丈夫抓住妻子的头发，拖着她上了几层台阶，妻子也一边殴打他一边发出猫一样尖锐的嚎叫声。

最终我打电话叫了警察，因为他们打得越来越厉害。

警察在十分钟内到了我们家。对于隔壁房子里还在继续的喧闹声,他似乎不太着急,也不想干涉。他跟我们一起到了楼梯上,但这对夫妻一直在扭打,我们现在从这里只能看到他们的脚。警察挤在我们旁边,因为没有能让他舒服坐下的地方了。我的屁股把所有的空位都占了。但是最后我们的邻居下了几个台阶,我们又可以将他们的样子一览无余。

"你不能让他们停下吗?"米莉一边问,一边把巧克力递给他。警察拿了一块。"千万不能干涉夫妻之间的事,"他说,"一点都不明智。他们不会感谢你,反而会把矛头转向你。"

这个理由很有威力。米莉提议要去泡杯茶,她随时都做好了泡茶的准备。最后警察说:"我要去和他们谈一下了。都这个点了,扰乱治安了。"

我们听到他按响了他们前门的门铃;门铃响了很久,同时我们也看到面前的场景瓦解了。妻子和丈夫连忙站起来分开,她在整理头发,他在把衬衫塞进裤子里。他们从视线里消失了。街上传来了他们打开前门的声音,还有警察轻微的责备声。妻子的声音在空旷的夜晚显得清楚而嘹亮，带着恳切、愧疚、安抚的语气："我们刚刚只是发生了点争执，警官。"

对面楼梯的灯关了。表演结束。我和米莉在厨房喝了杯茶，然后谈了些别的事情。

第二天上午九点我离开家准备去办公室的时候，我们那位正在修车轮的塞浦路斯邻居抬起他那深棕色的脸，微笑地看着我。"早上好啊，霍金斯太太。"他说。

他怎么知道我的名字？我都不知道他的名字。在那些日子里，人们总是在我认识他们之前就知道我是谁。后来，当我瘦下来之后，我遇到别人就得碰运气了；这证实了我的想法——一个大块头女孩绝对是一个重要人物，无论她会失去什么样的浪漫邂逅。"早上好。"我说。

通常我会在上午九点半到九点四十五之间到办公室。这么大一间综合办公室，钟却不准点，并且由于长期缺乏可用的现金，这种情况很可能会持续下去。我认为，如果钟不准时，那么就不能指望跟它一起生活的人能准时。业务越来越少，我们对时间都已经相当松懈。负责包装和分类的帕特里克常常是第一个到的，他要接第一波打来的电话。我不知道自己的记忆是不是夸张了,但是回想起来,我似乎差不多每天上午都会看见帕特里克在讲电话,用大声叫嚷来掩饰他无法处理来电人问题的尴尬。那时候,打电话来的一般是作者,问的是钱的问题。上午晚些时候,中午之前,印刷工和装订工会打来电话;也是钱的问题,账单还没付。当然,在支付账单之前,别指望能继续送书去印刷。

电话响起:"您介意稍后再打来吗?霍金斯太太不在。"那是艾维在摆脱某个人。然后电话又响起。"阿尔斯沃特出版社。"艾维说。

几乎每天上午,帕特里克那位发狂的妻子梅布尔都会来看他。她总是指责我引诱她的丈夫。

"梅布尔!梅布尔!"——帕特里克是个高个子的年轻人,戴着副眼镜,身形瘦长,一头金发,一本正经的早熟样子非常像位助理牧师;年纪比我还小一些。他想在出版行业出人头地;他酷爱书籍和阅读。他的确很依恋我,因为他觉得可以跟我吐露心事。我一般会在午餐时间听他倾诉,如果天气太冷又下雨不能去公园的话,我们会叫人去买三明治,然后再喝着办公室的咖啡。我觉得他跟梅布尔结婚是因为她怀孕了。帕特里克目前的收入很低，但是梅布尔有工作，他们的小孩儿白天由梅贝尔的母亲照看。可能是因为帕特里克太专心于他的书籍而忽视了自己的妻子，可能是因为他在自己妻子面前对我的评价太高，也可能这两个原因都有，梅布尔就认为我是在引诱帕特里克离开她。她处在极度紧张的状态，如果在她于上班途中来我们办公室时，我们无法尽数容忍她愤怒的指责，我想她就不能再去附近一家油漆厂的办公室工作了。事实就是，我们总是让她冷静下来，她离开的时候总是顶着那张尖刀似的小脸，用责备的表情回头看着我。"霍金斯太太，你不知道自己带来的伤害。或许你不知道。"她不止一次这么说。

"梅布尔！梅布尔！"她丈夫喊道。

在这样的场景发生时，打字员艾维会一直用力敲打键盘。簿记员凯茜的眼睛在厚厚的镜片后面显得很凸出，她会站起身来挥挥手，用低沉沙哑的声音说："霍金斯太太是我们的主编，她是无辜的。"

帕特里克在他的妻子离开后，总是表现得很悲痛。"霍金斯太太，您真好，能这样默默地忍受。"他有时会这么说,尽管我所做的只是撑着自己庞大丰满的身躯站在那里。而其他时候,他什么也不会说,继续热切地研究他之前打包的书籍,他的打包工作做得认真、熟练又迅速。

我们的债主之一,一个小型印刷厂,十分介意阿尔斯沃特出版社面临的困境,雇了一个男人,那人穿着雨衣,整个上午和下午都站在我们办公室窗户外面的小巷里,一直抬头盯着我们。他要做的就是,抬头盯着。这么做应该是想让我们感到羞愧。在喝咖啡休息的时间,我们端着杯子三三两两地站在窗户边,也回盯了他好几次。看到一个穿雨衣的男人真的很奇怪:他跟伦敦那个时髦昂贵的地区很不搭;其实,他这身破旧的穿着应该很惹人注目。在我每周一到周五上午从南肯辛顿出来的那个地方,这样的人只是从政者口中的普通人:许多人中的一个。但是在这里,在西区,每个人都会看着这个男人,然后抬头看向我们的窗户,接着又看向这个男人。

在南肯辛顿米莉的房子里,每个人都要一周付一次租金,无论他们怎么勉强维生、精打细算,还要平衡收支,在当时的先令和便士中省出一小部分来支付杂货和电灯的花费;在米莉的房子里,所有人都加加减减,不断进行乘除法的运算。凯特那些小巧的盒子上面标着"车费""煤气"和"杂物"。在这里,在西区,基本理念是上流社会鄙视那些惹人嫌的债主,好像他们阻碍了一种更宽广的视野。在嘈杂的综合办公室里的我们并不是很关心:毕竟责任不在我们,而在阿尔斯沃特出版社,在阿尔斯沃特先生和马丁·约克先生,还在那些组成董事会的其他人;特别是经营公司的马丁·约克先生。是他从战时同僚或以前的校友那里拿来手稿交给我。"这能畅销吗?你看完告诉我,它有没有可能畅销。我们需要一些畅销书。"至于那些等待出版的书籍校样,就堆积在我的桌子上,还要等很长一段时间才能轮到它们。我一丝不苟地编校那些书;单词、短语、段落、分号。但是在已经可以将它们返给印刷厂之后过了很久,它们还待在我的桌子上。很难再从印刷商和装订商那里继续赊账了。"霍金斯太太,让那些作者离我远点。"

作者——他们想知道为什么出版日期总是一拖再拖。电话会响起。然后艾维会用她那非常做作的办公腔调,用响彻喧闹办公室的声音回答道:"很抱歉,霍金斯太太在开会。有什么消息需要我转达吗?不,我不知道她什么时候会回来。不,我不能打扰她,她在开会。"打听完之后我发现,这是公司的老传统,是马丁·约克先生创立的,要说"在开会",而不是"参加会议"。我想"在开会"听上去更专注,更不能被打扰。艾维掌握了诀窍:开门见山义愤填膺地说出"在开会",好像这种打电话只是想找一个正忙的人的想法实在令人愤慨。艾维很懂阿尔斯沃特出版社的理念。艾维办公桌周围的地板上眼下堆满了文件,因为档案管理员玛丽辞职了,她抱怨疯狂的梅布尔经常来此营造的"气氛"。没有人接替玛丽的工作。

茶歇时间结束之后,马丁·约克先生一般都会打来内部电话。"能耽误你一会儿吗,霍金斯太太?"一会儿,意味着一个小时,有时甚至更久。他想聊天,想倾诉。他会站在自己的窗前,低头看着房子后面的庭院跟我聊天。或者他会坐在真皮扶手椅上,面对着我聊天。

"雪利酒? 还是威士忌?"马丁·约克问道。

只有在五点三十分之后他还在跟我聊天的情况下,我才会接过一杯雪利酒,那个点我该回家了。我习惯了工作到很晚,尤其是现在办公室的人越来越少,每个人都要承担两个或者更多人的工作。马丁·约克先生拉我聊天的那些日子,对我来说是一种休息。当他谈到过去,说的是战争。当他谈到未来,是声称他筹集到一笔重要的贷款,能让公司摆脱困境。他的战争功绩是真的。至于贷款,我还记得他以前说过的话:"霍金斯太太,如果大家都相信你有金钱和财富,那和拥有它们是一样的。这种相信本身会让人产生信心。有信心,就有生意。"他那张圆脸上满是麻子,好像曾经得过天花一样。人们很难去讨厌他;不仅我这么觉得,他所有的同事和朋友也这么觉得。所以,当他不时地宣称自己得到了重要支持的时候,即使不够让人信服,但每个人都想相信他,达到的效果就是他确实不时地吸引到了新的资金,并且暂时挽回了局面。

三

当马丁·约克特别心烦的时候,他就会打电话叫我上楼,到他的办公室跟他聊天。我就得把科克托①某部

---

① 让·科克托,法国作家。

小说或者修订版《夜色温柔》的长条校样叠放在桌子上，这让我很伤心。阿尔斯沃特出版社的很多书籍都很优质，也很稀有。我很喜欢密切地关注印刷错误；我喜欢格外仔细地检查翻译中有疑义的地方；无论是办公室一片嘈杂混乱，还是经常有人打断我让我去接电话或者解决某个争论点，我在核对校样时总是很高兴。楼下狭窄的小巷里传来报童"晚间快讯，晚间新闻"的叫喊声；电话会响起，把我叫到约克先生的办公室。在这些情况下，他会下命令说不要让电话或者访客打扰到他。

当他心烦的时候，他会喝威士忌。我会跟他聊天，而他靠坐在椅子上，闭着眼睛。我从没谈论过办公室里的事；我会说说自己在南肯辛顿圣畔别墅 14 栋的家居生活。我发现，约克先生非常专心地在听，因为他总是记得我前几次讲的一些细节。

"旺达最近过得怎么样，霍金斯太太?"

旺达，那位波兰的女裁缝，她的问题足够填满一下午的时间。约克先生满上了他的酒杯，而我带他走进旺达的故事。

"旺达，"我说，"遭受了极大的苦难。"

"我从未见过没受过苦的波兰人。"

"她受的苦大多源于她过去苦难的经历。但是现在她的苦难有了新的来源。我没有在开玩笑，约克先生。旺达过得很不容易。她收到了一封匿名信。"

我所有的衣服都是旺达给我做的。我唯一能以合理价格买到合身衣服的另一个地方，是牛津街一家特大号服装店；这些衣服适合所有人，只是码数更大。另一方面，旺达有猜测顾客个性的天赋。她跟我的要价很低，所以我只得在她不忙着接待能让她挣更多钱的顾客时，碰碰运气偶尔试穿一次。这样的机会一般会在周日下午五点之后。旺达去布朗普顿圣堂参加了一点钟的波兰语弥撒，仪式结束后，还在那里见了她当时住在伦敦的所有朋友和亲戚。算上老人和孩子，至少有一百个波兰难民与旺达认识或者有联系。我知道这件事是因为我曾经陪着旺达参加过几次一点钟的波兰语弥撒和他们波兰人的集会。圣堂总是很拥挤。许多丈夫和父亲在整个仪式期间都聚在教堂外面，只有在听到摇铃宣布举扬圣体的那一刻，他们才会转向教堂的门画一个十字。

旺达个子不高,很丰满,四十好几了。在我的记忆中,旺达做完弥撒之后在布朗普顿圣堂外面进行社交总是在冬天。随着人群的出现,那些日子浓重的焚香萦绕在教堂的门口。旺达穿着一件很厚、不成形的深色毛皮大衣,毛都竖起来了,再配上一顶毛皮帽子。她淡金色的头发被编成很粗的辫子盘在后面,显得很突出。她有一张讨喜的鸭蛋脸,还有一双蓝色的小眼睛。当她和她那群特殊的同胞交谈时,她整个身体都会很有节奏地向前晃动,以此强调自己说的话,这样一来,她每向前晃一下,她的屁股就会向后晃一下,好像也是在强调自己的话。圣堂外的集会逐渐扩散到布朗普顿路,然后会慢慢散开,但这个过程实在太慢,直到下午三点这些健谈的背井离乡者才会离开,有些人会去参观附近的博物馆——维多利亚与阿尔伯特博物馆或者是自然历史博物馆,大多数人会涌去茶馆,在那里边喝茶和柠檬汁,边吃甜蛋糕和奶油糕点。他们用自己崭新而又异域的生活极大地丰富了伦敦。

　　我从旺达身上发现,下午的大部分对话主要都是在交流流亡者的生存知识和他们定居的国家的实际情况。

与其他的战争流亡团体一样,他们来时带上了勇气,毫无保留。作为交换,他们四处走动,十分显眼,滔滔不绝地打听能从什么地方找到哪些可用的资金。要向哪个部门申请?要填什么表格?有哪些学校,哪些诊所?还有,对波兰人来说,有哪些天主教学校和诊所?哪些组织,哪些委员会、财务处、奖学金,哪些名人,哪些名字、地址和电话号码,哪些工作和哪些职业介绍所?他们知道公共图书馆、专门的私人图书馆和最好的阅览室。旺达和她的朋友们必定比我更了解如何利用战后英国的资源。这不全是一个崇尚物质的过程。旺达的一些朋友热衷听讲座。伦敦晚上有讲座的消息传开了。总会有人做关于政治或者天文学、历史、捷克诗歌、波兰文学、波利尼西亚风俗的讲座。在旺达告诉我之前,我都不知道伦敦有这么多演讲。

在那些用英镑、先令和便士的日子里①,旺达只靠很少的钱维持生活;她改衣服收的钱主要是用先令来计算的。她的工作时间大部分都是用来改衣服;她只是偶尔

① 1971 年英国货币改革之前,1 英镑＝20 先令,1 先令＝12 便士。

会花几天的时间来做一个重要的工作——做一件婚纱，为新郎的母亲做一件外套，或者为她的一位淑女做一件新的夏装。

当旺达没有在房间里帮顾客量尺寸、改衣服、别别针的时候，她会继续工作，要么是手工，要么用缝纫机——即使她的朋友和敌人都挤在她的房间里。当旺达做针线活和交谈的时候，其中一个女人会忙着用煤气炉煮茶。她太忙了，去不了讲座和图书馆。

她的波兰朋友中，男人看起来都比女人年长得多，虽然不至于大到当父亲，但肯定也是哥哥。有一次我接受了旺达恳切的邀请，去她房间待了一会儿，吃了点东西，他们的谈话礼貌地从波兰语转换成了英语。我逐渐认识并能认出旺达朋友圈中的大部分人。

一个周六的早上，我下楼去看有没有我的邮件。我在楼梯上跟旺达擦肩而过。她微笑地看着自己手里的信。我手上是一个表亲的来信。我站在大厅的衣帽架旁边，打开了这封信。突然，从旺达的房间里传来了一声悠长、响亮、尖利的叫声，然后减弱，变成一阵绵长、遥远、依稀可闻的哭泣声。

我跑上楼。米莉出来想看看发生了什么，她站在下面几层台阶上，抬头向上看。第二声恸哭从房间里穿透出来时，我敲了旺达的门；我没有浪费时间，直接进去了。旺达穿着黑色的工作套头衫和裙子，拖着用绒毡做的蓝色拖鞋，手里拿着一封信，嘴里发出长长的哭泣声。她的眼睛里充满了惊恐。她把信递给我。我在看信之前先让她坐下，我想信里可能是家里有人突然去世的消息，至少是这样。信上写着：

波多拉克太太，

我们**组织者**们一直关注着您。您正在做裁缝的生意，但是没有向当局申报您的收入。

请您保重。

一位**组织者**

信封是便宜的棕色马尼拉纸，信是从威斯敏斯特区寄过来的。

"霍金斯太太，"旺达说，"我完了。他们会让我坐牢的，他们会把我驱逐出境的。"

米莉赶到,轻轻地敲了敲门,想看看发生了什么。我让她进去的时候,看到卡林夫妇和护士凯特·帕克站在他们的房间门口,很惊恐的样子。"没事,"我说,"旺达只是看见了只老鼠。或者她以为自己看见了。"我不知道他们有没有相信我。我把米莉拉进屋,关上了旺达房间的门。

"瞎说八道,"米莉看完信说,"这谁写的?"

旺达大声哭喊着,说她不认识这样一个邪恶的敌人。我告诉她必须保持安静——"我们不希望整个房子都听到这件事。"我不认为旺达会有任何危险,但事实上我断定,匿名信的到来会给整个房子带来一种不好的氛围。我讨厌处理这件让人不愉快的事;我有一种洗手的冲动。

"来点白兰地吧。"米莉说道,遇见紧急情况时她总是单刀直入。她冲下楼消失了,回来的时候给旺达拿了杯烈性白兰地,旺达浑身都在颤抖,低声说自己会坐牢或者被驱逐出境。"你没有交收入所得税,这是犯罪。"

米莉又一次单刀直入。"什么收入?"她一边说一边环顾旺达生活的环境——那张凹凸不平的床被铺在角落里,一堆等着改的旧衣服,这里放着一条要改短的男式长裤,那里放着一条某个顾客万分珍视的小毛领,她想把它从一件外套换到另一件上;鞋盒里放着棉线轴,缝纫台上放着亮闪闪的剪刀,还有一个小锡盒,里面之前装着艾伦伯里牌的黑加仑甘油含片,现在装着旺达的别针。房间里有煤气取暖炉、煤气灶,以及米莉买来象征性装饰房间的二手椅和立柜。壁炉架上放着一张旺达父母的木框照片——母亲站着,父亲坐着,旁边一个高大的花瓶里都是花——他们现在都去世了;还有一张照片上是一个留着大把胡子的波兰士兵,目不转睛地瞻望自己的命运——他被杀了。上面还放着一张黑色圣母像,现在我知道她是琴斯托霍瓦①的圣母;还有一张旺达和她四个姐妹的照片,其中一个在苏格兰结了婚,旺达和她常常给另外三个还在波兰的姐妹寄几包罐装食品、保暖的围巾和长筒袜,明知无望但还是希望它们能安全送达。旺达的手提箱满是灰尘,被堆在衣柜顶上。旺达的缝纫机是房间里最昂贵的东西:旺达刚刚付清了货款。所有这些杂乱、努力的气味,床的气味,旧衣服的气味,摘换毛领时那阵樟

---

① 波兰的一个城市。

脑丸的气味,肥皂的气味,茶和饼干的气味——这是旺达房间的特殊气味,一点也不刺鼻;在我经常去旺达那里试衣服的时候,在我去她举办的社交宴会上喝茶的时候,我已经熟悉了这种气味。现在又多了一丝淡淡的白兰地气味,因为激动不安的她洒了一些在自己的套头衫上。

我清楚地记得旺达受到惊吓的最初时刻,我的各种感觉。她勇敢未来的一部分永远消失了。我记得她惊慌失措的脸,记得她的颤抖。米莉或我的任何建议都无法说服她,让她不用害怕什么。我想把这封匿名信交给警察:她急疯了。

"听我说,旺达,"我说,"我可以帮你填一张收入所得税的表格。你有劳务费,你在波兰有受你抚养的人;如果你让我清楚地写下所有的东西,你一分钱都不用给。我会跟你一起去税务局的。"

"税务局?"她的呼吸很沉重,"要去税务局? 他们会让我坐牢的;我要被送回波兰了。"

米莉一直在重复她的意见,那就是如果要交收入所得税,你首先必须得有收入。但是这种说法只会让旺达感到更加恐惧。她深信自己过这么些年才想起交税肯定会被逮捕。"我从来没想到要交所得税。我怎么想得到？他们不可能信的。"她说，法官会给她判刑。我不知道她脑子里想的是什么画面——有多少法官、大陪审团、咣当作响的牢门——但我们无法安抚她。很显然，她来自一个更加官僚专制的世界，比我们的要糟糕得多。从某种意义上说，我觉得她愿意接受这种苦难；她已经习惯了。

我想知道到底是谁寄了这封信。在我们试图让旺达相信她不用害怕什么的时候，这个问题一直萦绕在我脑子里。在我看来，似乎找到这个匿名的恶魔要比操心旺达的纳税申报表重要得多。这个"组织者"是谁？米莉脑子里也在想这个。

"不，不，"旺达说，"我的朋友们、我的死敌、我的波兰同胞里，没有一个人会做这样的事情。他们怎么会做呢？"

"肯定是一个认识你、对你有些了解的人，旺达。"

"那就是这个房子里的人。"旺达说。

"不可能，"米莉说，"肯定是你的顾客，或者是你那些朋友和表亲中的某个人。"

"他们何必呢？"旺达抽哭着说，用手捂住了眼睛。我确信旺达在冷静下来之后会想到可能是谁。

36

米莉现在忧心忡忡。我周六一下午都在跟她讨论这件事。旺达吃了片安眠药然后上床睡觉了，我们答应将她所有的访客都拒之门外，就说她不得不去城郊给一位非常重要的新的女顾客量尺寸。旺达许我把信带走；我想研究一下。

"真是个讨厌鬼！"米莉说。她确定写信的是个男人。当我提出别的可能性时，米莉说："不可能是个女人写的。"我倾向于同意她的看法，但我想不出一个相当好的理由来排除嫌疑人是女性的可能。

尽管米莉不准备向旺达承认有可能是房子里的人或者与房子有联系的人写了这封信，但她愿意跟我讨论这种可能性，不过只是为了排除这种可能性。"组织者们"是谁？谁又是写这封信的"组织者"？

这封信写在一张蓝色的巴西尔登①铜版纸上，字很小，很像过去被大家称为"连写体"的文字，即将普通的书籍印刷体改成草写体的手书。看上去似乎是写信人正常的字体，但处处都是很明显的伪装痕迹，有些 d 比其他地

---

① 英格兰埃塞克斯郡东南部的一个市镇。

方自然的比例要大一些;"生意"这个词向右倾斜,想造成斜体的效果;尽管总体来看所有的字都是正的,但有些字母还是斜的。我眯起眼睛来看这封信,想再判断一下。我一时以为自己认出了它,只是无法对上号。但是当我睁开眼睛更近一些研究它的时候,这种感觉消失了。当然,在旺达、这栋房子,或者旺达认识的人当中,我无法辨别出任何人的笔迹。我想我注意过平放在大厅桌上或者前门垫子上寄给她的信,但是我从来没有特别注意过信的笔迹。至于房子里的其他租客,除了米莉有几分潦草的字之外,我从未见过其他人的笔迹。但是令我印象深刻的是,这封信愚昧的口吻和相对来说受过良好教育的笔迹大相径庭;这似乎是一次刻意的、质量低下的文学表演,一次滑稽仿作的尝试,不过可以说是一次蹩脚的尝试。为了吓唬旺达,有人虚构了"组织者们"。如果她属于我的世界——书籍和出版的世界——我也许会知道从哪里入手,选出有模糊可能的罪魁祸首;我之所以说"有模糊可能",是因为即使是在我工作生活中认识和遇到的人当中——有些人甚至会做比这更恶毒卑鄙的雇佣写作的事情,我也很难选出到底是哪一个。但是,试图在旺达的周围分辨出任何模糊的形状或者样子,绝对都是在迷雾中挣扎。

米莉因为有可能是房子里的人而心烦,甚至被这个想法搞得有点入魔了。她也很担心还会继续收到信。"这些事情会接二连三地发生。"米莉用她吐露民间智慧的方式说道;她在往加热的茶壶里一勺一勺地加茶叶。她总是在喝茶的时候混几句格言。

我们决定仔细梳理一下房子里的租客,一个一个地来。

巴兹尔·卡林和伊娃·卡林住在二楼那间很大的客卧一体房和小厨房里。"我看不到他们在做什么。"我说。"我也看不到,"米莉说,"他们太安静了。从来不抱怨什么,还按时交房租。"

"做这些事情的一般都是这种安静类型的人。"我说。

"还真是。你说得有道理。"

"他到底是做什么的?"

"这个,"米莉说,"我只知道他在克拉珀姆①的一家

_____

① 伦敦南部地区。

工程公司找了份工作，记账。”

　　我跟巴兹尔·卡林交谈甚少，而且都是寥寥数语，有一次是我们在同一辆公共汽车的顶层碰上了，唯一的空位就在我旁边。也就是那个时候他告诉我，他是一名"工程会计师"。是一个安静类型的人，但不会让人觉得奇怪。我讨厌不得不把会跟自己在楼梯上擦肩而过的这些普通邻居当作犯罪嫌疑人。我想到了伊娃，午后礼貌地侧身穿过米莉的厨房，把她丈夫的衬衫挂到后花园里晾干。她是一个又瘦又纤弱的女人，走路的时候有手肘外翻的习惯。巴兹尔不高不矮，头发金黄，有点稀疏，戴着眼镜。他们没有问题，一点问题也没有。

　　"太可怕了，"米莉说，"得像这样一个一个地梳理所有人。"

　　"我也在想这个。我感觉自己在背信弃义。"

　　确实，对罪犯的搜寻在某种意义上也将我们贬低到了一样的高度。但是我决定尽可能公正地讨论所有的可能性。我更倾向于把这封信交给警察。

　　"卡林夫妇能对旺达有什么意见呢？"米莉说，"他们从来没有跟房子里的任何人吵过架。前几天旺达还帮她把裙子改长了。"

"噢？她帮她把裙子改长了？"

好吧，她帮伊娃·卡林把裙子改长了。我说："你知道他们的笔迹是什么样的吗？"

"从来没见过。他们都是付现金。"我们所有人都是付现金。纸上写得越少越好，这是米莉的观点。

旺达帮伊娃·卡林把裙子改长了。我们只知道这个。我将目标转向胖嘟嘟的凯特·帕克，她的牙齿洁白闪亮，这位来自伦敦东区精力充沛的姑娘在楼上打扫她的房间，即使是现在，周六的下午。在她跟细菌作战的过程中，我们能听到家具被搬到了楼梯平台上。我想到了她那些标着"电""煤气""车费""杂物"的盒子。一切井井有条。

"不是凯特，"米莉说，"我不相信。"

我也不相信。尽管凯特确实不喜欢旺达塞得满满当当的房间和拥挤的异域生活方式，但我不相信是凯特做的。

不过凯特天生就是一个组织者。我想知道她是怎么拼写"组织者"这个词的，因为这个词在那封信里用的是 s。①

---

① "组织者"的英文为 organiser，也写作 organizer，一般来说，前者为英式拼法，后者为美式拼法。

大约五点钟，我给旺达送了杯茶。她醒了，还在哭。她为了上床睡觉，把头发放了下来。这是我第一次看到她的脸和肩膀上披散着这么多天然的小麦色头发。她这个样子让人印象深刻。我突然想到，她很可能有一个情人，或者至少有一个爱慕者，向她献殷勤，而且还有竞争对手，有一个被拒绝后怀恨在心的人，或者有一个嫉妒的女人，她的丈夫被旺达所吸引。我想，也许我们彼此观察得还不够仔细。从这个新的角度来看旺达——不仅是个波兰良家妇女，而且可能是个性感尤物——我明白犯罪嫌疑人的范围大大增加了。但是我不想马上就说："旺达，你知道有没有哪个男人或者女人会对你心生爱慕或怀恨在心?"——我没有这么说是因为在那一刻她肯定会怒不可遏。她向世人展现的形象是一个经常去教堂的女裁缝和本分的寡妇。而且我确实没有看到她能找到和谁有些风流韵事的时间，也没有调情的迹象。

不管怎样，她一直在哭泣哀叹，任何形式的合理询问都没有用。天啊!她下半辈子可能都会翻来覆去地说这件事。我说："旺达，你必须无视这封信。如果还收到的话，我们就交给警察。"

"还收到？还收到？……警察！"

米莉开门走了进来。我能看出来,当她第一次看到坐在床上被金发环绕的蓝眼睛旺达时,她和我一样震惊:旺达是个迷人的女人,旺达很性感。愚蠢的是,我们以前从未想到这一点。

"我有敌人。"旺达恸哭。

"把他们交给上帝吧。"米莉说。

我们离开了,让旺达一个人喝茶。"但是,"米莉说,"她经常谈到自己的朋友和敌人。现在她又很惊讶她有敌人。她总是说'我的朋友和我的敌人',好像在问我们期不期待后续。听着,外国人总是这么讲话。你再想想到这个房间来找旺达的人有多少……"

"她头发放下来可真漂亮。"我说。

"不就是她现在的样子吗?"米莉说。

那天晚上吃完晚饭,我们梳理了房子里其他租客的可能性。我顶楼的邻居,年轻的伊泽贝尔,她有很多朋友,每天晚上都给她爸爸打电话。米莉和我又对彼此眨了眨眼。伊泽贝尔,在所有人中偏偏是她写了一封讨厌的匿名信……"我见过她父亲。"米莉说,似乎这就解除了她的嫌疑。我本人没有见过伊泽贝尔的父亲,但他的声音每天都会出现在伊泽贝尔的生活中,这似乎给了她一种稳定的感觉;不过除了打给父亲的电话,主要还是伊泽贝尔的活泼和她那群傻乎乎的年轻朋友让她不在考虑范围之内。当然,像伊泽贝尔这样粗心大意、无忧无虑,从家里一路跑到等候的出租车或者男朋友的汽车那里的人,能写出那样刻薄的一封信吗?我们要找的,是一个忧虑多思、心怀恶意的人。

当我们坐在一起讨论和分析跟我们住在同一栋房子里的人时,米莉和我都很愧疚,但表现方式不尽相同。我注意到,尽管我们总是得出相同的结论,但是米莉的原因和我的不同:她倾向于证明她所有的租客无罪,因为他们是她的租客,而我会更加客观地看待他们。我觉得结果都一样,因为当米莉允许这些人住进她家的时候,她已经做出了自己的评判。当然,我们也可能看错。而且我们隐约感到愧疚。躺在米莉桌上的那封信有罪,它源自罪行,又引发了负罪感。

最后还有威廉·托德,那个进入最后一年学习的医学生。我说他是最后,但实际上从严格公正的角度来看,房子里的嫌疑人也应该包括米莉和我。我向米莉指出了这一点,米莉说:"你和我做这样的事能为了什么呢?"那时我意识到,这才是要问我们所有人的真正问题。我们每个人折磨旺达的理由何在?何必呢?为了什么?我们聊天的时候,威廉·托德的无线电节目在楼上播放着,声音飘下楼。他周六晚上通常会出门,但今晚他在学习。一般在晚上,他会用结实的双腿嘭嘭地下楼,然后出门到南肯辛顿站附近的咖啡馆去见他的朋友。当我自己碰巧下班晚的时候,我在那儿见过他几次。他跟一群年轻男女在一起,看起来像是同学。威廉究竟为什么突发奇想要写封卑劣的匿名信给旺达呢?他可能都记不起她,除非碰巧在楼梯上跟她擦肩而过。

"那就不是我们中的一个,"米莉说,"肯定是旺达认识的人,外面的人。我明天早上就这么告诉她。"夜幕降临,旺达几乎成了我们心目中的罪魁祸首:她的过错在于她是那封躺在米莉桌上的有罪信函的受害者,那封匿名信,让整个厨房都散发着恶意。

四

"旺达看向窗外,"我对马丁·约克说,"她看到有密探站在街角。她看到有密探跟着自己到杂货店。私家侦探和政府密探。"

现在,南肯辛顿圣畔别墅 14 栋都知道旺达有了麻烦。她没办法在哀叹所有人都在谈论自己的同时保守这个秘密。即使是住在 16 栋的塞浦路斯人和他的英国妻子,也在那周结束之前用什么方法完全了解了这件事情。他们甚至上门表达自己的支持,丈夫真挚地提出,如果我们能够说出他,或她,或他们的名字,他会掐断罪犯的脖子。"他们称自己为'组织者'。"我说道,希望这对他们俩来说有点用。

"组织者!"妻子说,"我来组织组织他们,别让我找到他们。"

住在 30 栋做杂活的特温尼也很愤愤不平。"绅士,"他低声对我推心置腹,"永远不会对一位女士做这样的事情。而且是个寡妇。"

旺达现在工作上遇到了困难。顾客不明白她为什么郁郁寡欢、惶惶不安;她们来试衣服,出门的时候会问米莉,自己是不是做了什么让她不高兴的事情。

"旺达刚才只是不太舒服。"米莉会说。

"怎么了? 出什么事了?"

"会过去的,记住我说的。"米莉总会说。

但是她的波兰朋友没那么好搪塞。不到两周,他们都听说她收到了匿名信;又不到两周,他们过来要求旺达保持理智,丢掉自己的震惊——"事已至此,他们能对你做什么? ……事已至此,没有恐吓和勒索……事已至此,他就是个疯子,他大批大批地寄这样的信,这个疯子。"

当我向马丁·约克描述这封信时,他自发慷慨地提出自己出钱让他的律师来帮助旺达,这让我很感动。他对这个故事真的很愤慨。那时,马丁·约克本人比我了解的还要困难。几个月后,当法官在审讯他时说"商无信不兴",并判了他七年监禁的时候,我记起了他对旺达——只是通过我才听说的一个不出名的移民女裁缝——这个简单的表示。

同时,马丁·约克全是些新奇的建议,满是军官食堂里那些传言的味道。"摆脱收入所得税的方法,霍金斯太太,"他说,"就是毫无预兆地给他们寄去一张八英镑十七先令三便士的支票。差不多是这样吧。他们不可能通过这样的数字计算出一笔总和;你的档案要转手好几个月甚至好几年,最后就没了。"

"我不想尝试,"我说,"没的可是一个人的钱。"

"我相信你就是这样,霍金斯太太。"

那些日子里,我或多或少容易把别人的话当真;也许那就是他觉得我可靠又安全的原因。

结果旺达并没有咨询律师关于这封信的事;她太害怕了。但最终她让阿尔斯沃特出版社的会计师处理好了她的收入所得税。她欠了十二英镑多一点,几个月后,她得到了四英镑的退款。暂时没有再收到匿名信,而且总体看来,恐惧、困惑和怀疑的第一波高潮在房子里逐渐消失。这种氛围逐渐消失,但没有完全消失。我发现自己会不自觉地以奇怪的眼神看向房子里的一个租客或者是旺达的一个访客;我就开始琢磨。而且,因为我会琢磨,有时甚至陷入沉思,我想其他租客也和我做着差不多相同的事情。他们肯定也思考过、推测过。我知道,米莉对每个来拜访旺达的人都保持警惕。"来试衣服的女士",她会通报;"老司祭;她那位想成为司祭的年轻表弟;邮局那个想要改西装的家伙;给她带蛋糕来的波兰人一家;那两个教音乐的波兰姐妹……"

但是我更积极地投入自己的调查。在排除嫌疑的过程中,对人们的了解逐渐深入,这一点令人惊讶。我只是通过跟每个人更友好地相处来做这件事情。

之后,旺达比以往任何时候都要安静得多。她放慢了脚步;她似乎变老了,开始黯淡。其实无论如何,时间都会让她变成这样,我们所有人都是如此。但于彼时彼地,对旺达来说,那是那个匿名信的作者——臭名昭著的"组织者"——的杰作。旺达把这封信交到我手里,因为我答应她会继续调查,试着找出她的敌人是谁。我觉得笔迹是尽可能不引人注意就能掌握的东西。我买了一本关于笔迹的书,我记得自己一晚又一晚在房间里翻阅这封信,用放大镜研究字母的组成。我是一个有条理的记录员:我买了个四开本的笔记本,开始给这封信的笔迹特征做记录——i 绕圈,h 不绕圈,o 封口,a 不封口,f 写得夸张,好像在用这种方式暗示是假的。这封信符合所有伪造笔迹的特点,即微小的不一致,就像一个罪犯在面对审讯时的矛盾一样。最重要的是,我在找用 s 拼写"组织者"的人。我试着尽可能多地收集以"-ise"结尾的单词的手写例子。但是在大多数情况下——例如 realise(实现)和 recognise（承认），拼成 realize 和 recognize 也很常见——得不出什么结论。

但是我敢肯定,旺达生活中的某个因素里藏着线索;可能是旺达她没有意识到的某件事,或者是她完全忘记的某个人。

同时,她还在伤感,但不再是因为自己可能会落入税务局的股掌之间,而是因为一些更合理的理由——她认识的某个人无故滋生了恶意。

"早上好啊,霍金斯太太。"我准备去办公室的时候,隔壁那个塞浦路斯人跟我打招呼,他在洗自行车。"早上好,玛奇。"他要求我们如此叫他;当我们之中有人叫他什么先生的时候,他显然很尴尬。还要过一段时间,大家才会叫我的名。当然,这跟我被激励去减掉我的大体重的时间相重合。然后,我请大家叫我南希,而不是1954年那个夏天所有人认定的"霍金斯太太",那时早晨去办公室,我会坐一段公共汽车,穿过格林公园走一段,风雨无阻。

自杀是我们所知甚少的,就因为最主要的证人已经死去,通常还带着自己的秘密,这件事之重大,任何遗书似乎都不足以概括。但是,我们所说的自杀行为——这种奔赴灾难的冲动,并不一定以疯狂赴死者的死亡而告终——就发生在阿尔斯沃特出版社。那年春天,当我在无线电收音机上——那是5月6日——听说长跑选手罗杰·班尼斯特以不到四分钟跑完一英里的成绩打破了世界纪录时,我仔细回想了一下马丁·约克那段会让他付出沉重代价的仓促历程。我回想起来,马丁·约克比他还要快,即使他束手束脚地坐在那里喝着威士忌,他也能以每分钟一英里的速度向前走。有一天,他叫我到他的办公室。他正在签署一些文件。"霍金斯太太,你能给这些文件做个联署吗?"我抓着笔,拿过那些他已经签署过的文件,而他又签署了另一份文件。但是我没有签字:我看到这些是给银行的信,而且我看到这些签名虽然是马

51

丁·约克的字迹，却不是他的名字。我看到有一个签名是"阿瑟·卡里"。阿瑟·卡里先生是当时最顶尖的金融家，总是和他那位爱折腾的老婆一起上新闻。我没时间看别的东西。马丁·约克料到我不会签，把这些文件一把抓了回去。

"您这不是在伪造签名吧，约克先生？"我开玩笑地说，不是非要冒犯他。

"伪造？当然不是。伪造是模仿别人的签名。阿瑟跟我说，我可以写他的名字，没关系。但是我看没有必要做联署了。"马丁·约克把文件放进了抽屉里。

几个月后，我知道我所看到的是欺诈行为的一部分，这种行为太过幼稚，肯定会被发现。当时我断定这不可能是一种严重的欺诈行为，就因为它太幼稚了。当时我以为这是马丁·约克对他走向毁灭的自杀式事业的一种自我嘲讽。因为毁灭就在前方。那年，他雇了一些"文学顾问"，大多都是家境良好、没有头脑的年轻人，工作是他们的父亲求来的。他们在工资单上。他们进办公室的时候——一般是周五发工资的时候——会逗乐我们。他们一般会待三四个星期，然后很快就有其他同类来接替。

他们的任职时间如此之短的原因是,阿尔斯沃特先生会向马丁·约克抗议"我在楼下看到的那个年轻人是谁?",或者"那个在综合办公室里煮花茶的可恶年轻人是谁?"。马丁·约克会解释,大概是说这个年轻人正在熟悉业务。但是他们经常发现没有工资袋等他们领,于是他们就逐渐离开了,这让打字员艾维觉得很遗憾。

但是,对这家即将倒闭的公司而言,更严重的问题是那些死缠着不放的人,他们现在想说服马丁·约克同意出版他们那些糟糕透顶的书。

有时候我认为,他想给自己的出版社签下这些书并非因为缺乏辨别力,而是因为一个常见的谬论——如果一个人健谈而且有活力,那他一定是一个好作家。根本不是这样。但是马丁·约克有另一个特殊的错觉:他认为有上流社会出身和教育背景的男女一定比出身寒门的作家更具有天赋优势。1954 年,许多台面上的出版商暗地里都相信这一点。

出版商试图与他们的作者交朋友,原因显而易见;马丁·约克试图让他的朋友成为作家。他答应签合同的,是跟自己一个阶层的人中最健谈、最八卦、最有趣的人,是他以前的校友和他们的妻子,是他以前的战友和他们的妻子。

然后就需要我介入。经常要由我来回绝一本书,马丁·约克喝完酒后甚至看都不看一眼就签了合同。马丁·约克的朋友们知道他下班之后六点到九点会在哪里。他们厚着脸皮去那里听他讲述自己的苦难,尽管出版界和文学界的所有人都知道阿尔斯沃特出版社就要毁于一旦,但是专吃腐肉的乌鸦群还是飞到马丁身上,想捞取最后的油水。第二天,我不得不把他们赶走。

这时,我要讲的故事里出现了一个男人,我叫他尿稿人①。我忘记了是十九世纪末期哪位法国象征主义作家用尿稿人这个词来斥责雇佣文人,说他们是"拉"出新闻复制品的小便者,但我一直记得这个描述,还把它用到很多徘徊在马丁·约克周围或者想见他的作家身上;最后,我这辈子都只把它用到一个人身上——赫克托·巴特勒特。

当时"上流社会"一词比现在意味着更多。赫克托·

_____

① pisseur de copie,法语,指写大量蹩脚文章的作者或记者。

巴特勒特见缝插针、有意无意地声称自己属于上流社会，但这让我觉得他的出身相当低微；事实证明我是对的，而且不止我一个人这么推测。但是，有许多人——数量惊人——很赞同赫克托的装模作样，特别是那些头脑简单的人，他们因懒得去辨别明目张胆的装腔作势从而打消了自己的疑虑；这种努力会让人疲惫厌烦，也可能会招致公然的挑战，造成不愉快。

他经常在我上班或回家路上经过格林公园的时候拦住我。有时候我会觉得很好笑，因为我可能会怂恿他，让他炫耀自己优越的社会地位，还有他声称的优质教育。因为他知道所有适合阅读的书籍及其作者的名字，但毫无意义；他基本没读过。

他想让我把他引荐给马丁·约克，再让马丁把他引荐给马丁的叔叔，一位电影制片人。

尿稿人！在我看来，赫克托·巴特勒特呕出了一堆文学材料，他在小便，他在流汗，他在排泄。

"霍金斯太太，我为了写出自己的散文风格可是呕心沥血。"

确实如此。他的心血体现了出来。他的作品处于扭曲、疼痛的状态,扭动,翻转,含糊其词,用语笨拙,都是重复的想象、牵强的赘言和冗长的拉丁文字。

有一天早上我意识到,我上班路上经过格林公园时遇见他并不是碰巧。我经常碰见他。那是 6 月的一个晴天,我记得是周一,因为我一直沉浸在一种快乐里——我许多年没感受过了——关于年轻的伊泽贝尔的爸爸,她每天晚上在她房间给他打电话,而前一天,我在教堂遇到了他。那是女王之门街区里的一个国教教堂。当我站在那里听《慈悲经》的时候,我注意到伊泽贝尔和一个年长的男人站在我前面两排。我猜是她的父亲,事实也确实如此,我们从教堂出来时,伊泽贝尔介绍了他。休·莱德勒。寡居多年的我,伴着美妙的《慈悲经》,见到了和伊泽贝尔一起的他,我第一次这么想:这是个有魅力的男人。现在,在 6 月这个新鲜的周一早晨穿过格林公园,耳畔回荡着《慈悲经》,教堂的邂逅,之后顺理成章的午餐,还有甜蜜的周日下午时光在我脑海里重新浮现。看到赫克托·巴特勒特徘徊在路中间,我一下子就高兴不起来了,那天早上我没有心情迁就他。他在我看到他之前,就已经看到我靠近了,现在他站在一条长凳旁边,假装不知道自己要不要坐在上面。他就站在那里，上午九点十五分，当时他是我最不希望进入自己感知范围的人，但他断然决定要这么做。红色的寸头，棕色的灯芯绒长裤，袖子上有皮革补丁的花呢外套，黄色领带和绿色的格子衬衫：这在当时很花哨，而赫克托·巴特勒特总是穿着鲜艳的颜色。他很高，肩膀明显有些前倾，让他看起来比实际的年龄要大——我想当时他应该是三十五岁左右。他的脸很圆，有双下巴。他的嘴很小但总是嘟着，像婴儿的嘴一样，仿佛时刻都要吸一个橡皮奶头。

在路上，走在我前面的是一对年轻爱侣，他们的手臂深情地环着彼此的腰。从我的角度看，他们挡住了尿稿人赫克托。他们看起来像是在去上班的路上，很可能是在同一间办公室，因为这是上班族的时间。当他们经过那条赫克托·巴特勒特徘徊已久的公园长凳时，我看到他已经坐下了；他在等我，现在站起来迎接我。

"早上好，霍金斯太太，真想不到能碰上你！"他指了指刚才走过去的一对情侣。"调情呢！"他说。

我不知道自己怎么了，因为我没有像往常一样自己在心里说，而是大声地说了出来："尿稿人！"

"那是什么,霍金斯太太?"他看上去很诧异,然后变得难以置信,最后他决定不相信自己的耳朵。他没有等我回答或者解释,而是有点不高兴地笑了一下,说道:"美好的早晨。"

"您今天不工作吗?"我说。

我忘记了他是怎么回答的。据我所知,他没有固定的工作。他有时在地方报上发表一些书评,收入主要是靠自己的才智和一位名叫艾玛·洛伊的小说家。但在这一点上我对他没什么意见。我认识许多默默无闻的作家,确实,大多数都比赫克托·巴特勒特年轻,他们不得不四处谋生,然后和伴侣分享自己的临时收入,或者他们会依靠比自己更幸运的作家生活。至于赫克托·巴特勒特,几年前,我曾想让他从事一份非常适合他的工作:在城郊上门推销百科全书。他本可以胡扯一通,热情地推销百科全书,给家庭主妇留下深刻的印象。但是他拒绝了这份工作,他完全有权拒绝。我对他感到很恐惧的原因是,他一直在试图利用我,或者利用他觉得我对马丁·约克存在的影响力来推动自己的某个计划。

那天早上,他跟我一起走到办公室门口,强行向我诉说，他想把一部小说拍成电影。马丁·约克的叔叔是一位电影制片人，非常有钱，但他所有的钱财最终都无法把马丁·约克从监狱里救出来。此刻，结局还无法预料；赫克托·巴特勒特多此一举的陪同正在毁掉我清新的 6 月早晨，还想通过描述他想改编的小说来火上浇油。

"我知道这部小说。"我说。

是艾玛·洛伊众多小说中的一本。当时她已经四十多岁了，是一位著名的作家。赫克托·巴特勒特最近成了她的依附者。这些天无论她到哪里，他就到哪里。这是一个没有人能解释的现象。艾玛·洛伊是一位出色的作家，有足够的理智知道他并不是。但是她试图让所有想要她作品的杂志和出版商出版他的作品。她把他介绍给了她认识的每一个有影响力的人，但是他们十分惊讶，没为他做任何事。

艾玛·洛伊是个很标致的女人，有一张轮廓分明的面孔，浅棕色的头发梳在后面。她总是穿灰色衣服，这颜色很适合她。我认识她有一段时间了。我不知道她怎么突然想到要接受赫克托·巴特勒特。能让一个比她小近十岁的男人一直关注她，这可能让她受宠若惊。我不相信她爱上了他。她怎么会这样呢？她是一个理智、充满想象力的女人，她有才智，有时候甚至有魔力。后来，她的生活中出现了一个新的真正的男人（还是个尿稿人）这件事，让她尴尬到无法维持她的世界声誉，她就设法摆脱了这种关系。但是她不得不为此付出代价。

还没到那个时候，现在是赫克托·巴特勒特得到了她的允许，要把她的小说改成电影剧本。

"我从艾玛那里拿到了专有权，"他说，"这是 S. T. 约克必需的。"

"那您就写信给 S. T. 约克。"我说。

"最好还是让马丁·约克引荐一下。"他说，"要我说，这可绝对是值得马丁骄傲的事。您得亲自跟马丁美言几句，这可能会把一部出色的小说变成银幕上的萨迦①传奇。我相信任人唯亲依然是当今主流。"

艾玛·洛伊怎么受得了他的？我们到了办公室门口。刚好快九点半。他想跟我一起上楼，继续他"关于电影剧本的谈话"。

---

① 萨迦，意为"话语"，实际是一种短故事，是 13 世纪前后被冰岛和挪威人用文字记载的古代民间口传故事，包括神话和历史传奇。

"恐怕不方便。再见,巴特勒特先生。"

"你能叫我赫克托吗?"

让我自己都惊讶的是,我说:"不,我叫你尿稿人。"

办公室早晨的喧闹声取代了一切。如今,在这些我仍然珍视的夜晚甜蜜的清醒时间里,我又想起了那一幕,但现在我与我当时生活的情景相去甚远,在时间上相去甚远。

早晨的喧闹声响起——艾维打字机的声音,簿记员凯茜的喃喃自语,我们所有人的鞋子踩在办公室光秃秃的木板上的声音,还有我们中有人沏茶时杯子发出的叮叮当当的碰撞声。帕特里克的妻子梅布尔也例行来访,那天早上她和别人大吵了一架,而不是和我,噪声也不是她直接制造出来的,是其他人在努力劝她不要冲动。外面的电话刺耳地响了起来,内部电话也嗡嗡作响。艾维高傲应对。

"约克先生在开会。有什么消息需要我转达吗?"——"阿尔斯沃特先生这些天不在伦敦。请问您是哪位? 麻烦能拼一下您的名字吗?"[艾维说的 n 听起来很像 d,所以 name(名字)听起来很像 dame(女人)]——"霍金斯太太在开会。哦，我不知道她什么时候有空，您能过一会儿再打吗？"——"霍金斯太太可能……"

在这正常的喧闹声之中，我听到电话那头提到我名字的频率比平时高得多。

"哪些人打电话找我，艾维？"我说。

"只有一位女士。一位叫艾玛·洛伊的女士。她还会再打来的，有急事。"

打电话到我们办公室的每个人都有急事，但是艾玛·洛伊很重要，即使她没有让像我们这样的公司出版过她的书。我跟艾维说："下次她再打过来，我来接。"

她十二点钟准时打了过来。我记得很清楚，因为我有中午十二点默念《三钟经》的习惯，即使中途被打断，祷词还是会在我脑海中继续下去。

主之天神报玛利亚……①

"洛伊女士找你，霍金斯太太。"艾维大声喊道。

乃因圣神受孕……

"您好，洛伊女士。最近怎么样？"

---

① 此处及后文《三钟经》的翻译参照网址 https://wenku.baidu.com/view/e8efe68002d276a200292ed8.html。

"我很担心。因为赫克托。你今天早上到底对他做了什么？"

"我吗？没有啊。他说想把您的一部小说拍成电影。"

万福玛利亚，满被圣宠者，主……

"他说你给他起了一个什么，什么非常，非常奇怪的绰号。"

……与尔偕焉……尔为赞美……

"我只说了个'尿稿人'。事实绝对如此。现在看来，难道不是吗？"

她一定知道就是如此。"霍金斯太太！"她说完，挂掉了电话。

道成肉身……

那天我失去了在阿尔斯沃特出版社的工作。当马丁·约克跟我说我必须离开时，他泪流满面。艾玛·洛伊在出版印刷界，更糟糕的是，在马丁·约克拼命想要借之挽回自己命运的威士忌生意上，有很多权势显赫的朋友。

"你为什么要这么说？什么原因让你这么说？对任

何人这么说都是一件灾难性的事情,霍金斯太太,更何况是艾玛·洛伊一个亲密的朋友,这么亲密的一个朋友。"

下午晚些时候的阳光充满爱意地抚摸着屋顶,让我想到了过去的时光和未来的时光,忽略了当下。我真的想过要走。真的,我想过。"我会把你的工资袋寄给你的。"马丁·约克泣不成声。他没有寄给我,而我一点都不惊讶。

他10月受审,因伪造银行家文件和意图欺诈等八项指控。所有的报纸上都登了这个案件。马丁·约克承认有罪,被判处七年监禁,即使在当时,他的刑期也是很重的。法官说"商无信不兴";我曾经几乎一个字一个字地跟他说过这个简单的观点。不过,我无法凭这句话判他七年监禁。

判决之后,赫克托·巴特勒特幸灾乐祸地写了许多关于马丁·约克的文章,全是出于报复而虚构的秘事,暗示他们十分相熟。它们出现在一些大众报纸上,和报纸上其他低俗的东西混在一起。很多年以后,这位尿稿人亲自把它们挖了出来,经过润色添进了他那本自己花钱印刷的可笑的老年回忆录里,小标题是《别了,莱斯特广场》。我看到这些东西是在几年前，在一个廉价书报摊上，我十分偶然地拿起了这本书。

五

我有些积蓄，还有少量的津贴，所以我不需要立即找到另一份工作。从我突然离开阿尔斯沃特出版社到马丁·约克被捕之间的几个月，我在浪费时间，带着一种正当的愧疚感。我喜欢自己清教徒式、道德主义的本性；无论我实际上可能会做什么，判断是非总会让我感到快乐。同时，我一点也不喜欢复仇宣泄，或者将正义强加给他人或自己。对我而言，在内心进行辨别就够了，剩下的都交给上帝。

"商无信不兴。"但是，人若不诚实，什么生活都无法圆满地继续下去。在阿尔斯沃特出版社垮台之际，我想起自己读过一本书，是关于女王伊丽莎白一世时代①因

---

① 伊丽莎白一世时代指 1558—1603 年。

不服从国教而殉难的一位牧师。作者写道："他被指控犯有欺骗罪、偷窃罪，甚至还有不道德罪。"我注意到了这种古朴的说法，因为尽管他和许多人一样用"不道德"来表示婚外性行为，但我一直认为欺骗和偷窃也是不道德的行为。

马丁·约克被捕之前的那几个月里，他会给我打电话，一开始十分频繁。他需要对某个人说："我必须恢复在业界的信誉。信誉，霍金斯太太。我必须找到其他途径。要依我看，毫不夸张地说，我有一流的头脑，有人说我才华横溢。"

要在米莉的房子里接听电话，必须站在门厅里——没有椅子。这个地方不适合讲太长时间的电话，尤其是我还要靠腿撑着自己的体重。我现在跟他聊天，各方面都让我觉得不舒服。并不是因为我们卑鄙，会抛弃那些落魄的人，而是因为我们很尴尬。

"他给了你什么好处？"米莉说，"你上班还加班，就这么当场炒了你鱿鱼，还欠你工资。"过了一段时间，他就不再打电话过来了，也许他对我的不适并不迟钝。但是在我失业之后的头几周，办公室其他人不停地打电话给我，说那些等着制作的书籍，我走的时候留在哪里，它们就躺在哪里，并且让他感到恐慌的是，他们知道没有人来接替我。簿记员凯茜给我打电话。

"你得明白，"我说，"公司要破产了。这只是时间问题。你们大家为什么不另找一份工作呢？"

"我找不到另一份工作。"凯茜说，"我还能在哪儿另找一份工作？我只知道阿尔斯沃特出版社。没了工作，我就把头伸到煤气炉里。"

这件事我觉得她绝不可能做。确实，大家知道死亡集中营的幸存者死里逃生后，在之后的生命中会再次将自己处以死刑，但这样的人很少。凯茜的经历自然让她成了一个幸存者。况且，我想了一下，除非有人设想过怎么自杀，不然是不会认真讨论用什么特殊形式自杀的；以凯茜为例，我知道她没有煤气炉。她住在戈尔德斯格林一栋改建过的房子里，有十间屋子，她住在其中一间；每个房间都同样装有一个电暖炉、一个轻便电炉和一个电表。公寓没有管家；凯茜把房租付给中介。我曾经去那里和凯茜一起吃晚饭。她按照双重蒸锅的原理用多层锅做饭，下面的锅装满水，然后逐渐加热其他的锅。她用这种奇妙的装置做了一顿令人印象深刻的饭菜。但是，没有煤气炉，房子里根本没有煤气，凯茜因这个事实而叹息。我答应她如果听到适合她的工作，一定会让她知道。凯茜被雇用的希望很渺茫。

"出版行业的工作。"凯茜坚定地指明。

"为什么？"我说。

"我不想在生活中走下坡路。"这个勇敢的女人说道。

阿尔斯沃特出版社的其他人员也这么想。在办公室工作总时间还不到十八个月的艾维跟我说："我每天都在报纸上找哪里需要秘书，但是出版行业都不招，霍金斯太太。"

梅布尔——帕特里克那位焦躁的妻子——给我打电话。

"霍金斯太太，出版社真的要破产了吗？"

"我想是的，梅布尔。"我说得很严肃，希望她不要忽略或者忘掉自己在办公室里拈酸吃醋的场面。

"那我能问问，帕特里克打算做什么吗？"

"你能问啊，"我说，"但是你该问帕特里克，不是问我。"

"但是他必须做跟书本打交道的工作。他在写书，霍金斯太太。"

"嗯,那就跟他说去书库或者书店试试。抱歉,我得挂了,我炉子上煮着东西。"

有天晚上打来一个电话,让我觉得舒心,不是门厅里的那个,而是年轻的伊泽贝尔的私人电话。她敲了我的门。"我在跟爸爸打电话,霍金斯太太。他想跟你说话。"他想邀请我下周六到萨沃伊①共进晚餐,我欣然答应。他说:"我非常期待,霍金斯太太。七点三十分我来接你,好吗?"

"七点三十分见,莱德勒先生。"

我也非常期待。我坐在伊泽贝尔整洁的顶楼房间里聊了一段时间,要不是她的电话又开始发出刺耳的声音,我本可以继续聊下去;她的某个男朋友。

伊泽贝尔一头金发。她父亲头发灰白,但并不老。我本想知道更多关于他的事情,但是我让伊泽贝尔去接电话了。上周日做完礼拜之后一起吃完午饭,我们都没有提到任何私密的事情,比如他的妻子,是待在家里、已故,还是离了婚。理论上来讲,这是我在答应跟他共进晚

①　萨沃伊饭店,英国伦敦的一座豪华酒店。

餐之前就应该知道的事情。但只是理论上来讲。除了疯狂的梅贝尔，没有人会把我列入抢夺丈夫的类型里：我是霍金斯太太。我专心想要穿什么。特殊场合我会穿黑色蕾丝裙和裘皮披肩。我忙着抖落披肩上的毛，熨裙子。衣服已经买了五年，但是我不想拿出自己数量可观的私房钱匆忙地买一件赴宴的新裙子——而且还要考虑我的尺寸问题，只是为了在萨沃伊吃顿晚餐。

　　"他肯定很有钱，霍金斯太太。"米莉说，"看看他给伊泽贝尔准备的，电话机，还每天打长途电话，再看看她穿的衣服。她想打车就打车。"

　　"那他妻子呢？"我说。

　　"我会从伊泽贝尔那里了解的。"米莉说。

　　我求她不要在这时候问伊泽贝尔。伊泽贝尔肯定知道为什么要来问她。

　　米莉说："我一见到他就觉得他是一位浪漫的绅士。他会为你做些浪漫的事的，霍金斯太太。"

　　"我不能忘记过去。"我说，因为我最爱我已故的丈夫。我说："绝不可能完全一样的。"但是像这样的情况，我们也不希望它完全一样。

那个星期,我被叫到楼下接艾玛·洛伊打来的电话。

"您好,洛伊女士?"

"哦,霍金斯太太,我只是想让你知道我没有什么敌意。我听说你离开了阿尔斯沃特出版社,对吗?"

"是的,我失业了。"

"我想让你知道,我本人从来没想过要把赫克托引荐给马丁·约克的叔叔。赫克托的话不可信。至于把我的什么小说改成电影,我根本不需要什么引荐。我甚至都不确定赫克托适不适合改编它们。我只是觉得很奇怪,你拒绝了,还冒犯了赫克托。我必须得说一句。"

"他是个尿稿人。"我说。

"霍金斯太太,出版行业的工作很难找的。你该记住这一点。很多地方我能给你说句话。但前提是你必须、必须收回这句话。"

"我煮的东西要洒出来了,洛伊女士。"

周六晚上,我坐在萨沃伊饭店里,伴着烛光,吃着特色菜鲑鱼奶油冻,品尝着白葡萄酒,对面坐着休·莱德勒,感觉自己和餐厅其他人一样衣着光鲜。

我忘了接下来点了什么:有点异国情调的东西。这是所有食物实行定量分配的最后几周，萨沃伊这个举措引起了意料之中的轰动。但是我没怎么吃那道有异国情调的菜，因为这时，休·莱德勒俯身向前，把手放在我的手上。"霍金斯太太。"他的嗓音变了。

他的嗓音很好听，充满了深沉的抑扬顿挫。外表上看——我试着用我当时的看法来形容他，他身材很好，不胖，但是比我壮，还比我高一些。他的脸是古铜色的，布满皱纹，我一看到这种脸总会想到殖民地的退休公务员，还有高尔夫球俱乐部的秘书。

"霍金斯太太，"他说，"我能看出你是一个非常善解人意的女人。"

我并不是很喜欢这样；我觉得这个动作来得太快了，这些话好像在暗示我是某类"安慰者"，如果不是一个彻头彻尾的老鸨的话。我什么都没说，他把手拿开了。我觉得很对不起他，然后我想，他只是有点难为情。吃奶油冻的时候他告诉我，他做的是瓷器生意，还计划在捷克斯洛伐克①和巴伐利亚州开设一条贸易线。作为回应，我

---

① 捷克斯洛伐克，1918—1992 年存在的共和国，后解体为捷克和斯洛伐克两个独立的国家。

告诉他,我喜欢精美的瓷器,也很欣赏捷克斯洛伐克古老的玻璃工艺。

我没有找时间告诉他我失业了。就在上周日,我在做完礼拜之后和他以及伊泽贝尔共进午餐时,我一直在说在出版行业工作是多么有趣。

现在他说:"我想知道我女儿伊泽贝尔在出版行业能做好吗。她受过很好的教育。"

我说:"进出版行业很难。她现在在做什么?"

"秘书。"他说,"在格雷律师公会,特许会计师的办公室里。但是我想让她进出版行业。她能遇到更有教养的人,更友善的人。"

"有教养的人不一定更友善。"我跟他说,"往往是相反的。"

"哦,"他说,"但是在出版行业,你一定会见到作家、艺术家这样的人吧?我是说有趣的人。"

"对,这倒没错。但这份工作主要是跟书打交道,而不是人。"

"我希望伊泽贝尔能遇到一类更好的人。像你一样,霍金斯太太。我非常珍视你和伊泽贝尔的友谊。"

目前，我和年轻的伊泽贝尔只有同住一栋公寓的交情；而且我明白，这份晚餐至少有一部分，是为了让我帮助伊泽贝尔在出版行业找到一份工作。

"我已经不在出版行业工作了，"我说，"所以我帮不上忙了。"

"哦，你不去你上周说的那家公司工作了吗？"

"不去了。不管怎么说，我不建议您女儿去出版行业工作。秘书的工资很低；所有人的工资都很低。"

"嗯，这是一种有特权的工作，不是吗？"他说。

不管在吃什么，我都提不起劲来。烛光、葡萄酒、我的黑色蕾丝裙、莱德勒先生配着金色袖扣的白袖口，还有他那张古铜色、满是皱纹的脸，似乎都在指责我顶着虚假的伪装坐在那里。我开始提醒自己，我是霍金斯太太，我不需要在萨沃伊饭店吃顿晚餐，而休·莱德勒继续坚持说，要是有一份像出版这样有特权的工作，人们是不在乎工资的。

"伊泽贝尔的情况吧，工资是次要考虑因素。"他说，"这是圈子的问题。我想让她接触文学圈，要超越商业圈，你明白的，霍金斯太太。如果你知道有什么机会的话——"

"如果我知道有适合伊泽贝尔的工作,我会告诉你的,不过我自己也在找工作。"

其他餐桌上的人——不管是两个人、四个人,还是六个人——都很开心。我是这么猜测的。在那些谈话声和玻璃叮当声不太响的餐厅里,其他餐桌上的人在柔和的灯光下看上去总是很高兴。所以我想,在这种高档餐厅提供的优质服务下,我也应该感到平静。但是我很不安,而且我感觉莱德勒先生意识到了这一点。同时,我不得不说,我觉得很对不起他,他满脑子想的都是伊泽贝尔,还得了为了她如此暧昧地和我外出用餐。

"你是怎么突然失业的,霍金斯太太?"

隔着雅致的餐桌,我跟他讲了这个故事。

"你给那个男人起的法语名字是什么?我没听清。"

"尿稿人。"

"什么意思?"

他知道是什么意思,不过是希望自己猜错了。

我告诉了他。然后我说:"在文学界,有很多尿稿人。"

他干巴巴地笑着，看上去十分尴尬。这给了我一定的满足感。

"不过赫克托·巴特勒特是我们文坛最顶尖的尿稿人。"我说；我提到赫克托·巴特勒特这个名字，只是为了让我的故事更真实。我没指望他知道这个名字，但是他真的知道。

"赫克托·巴特勒特。伊泽贝尔认识他。她和一些朋友去参加聚会或者去酒吧的时候见过他，他也在努力帮她在出版行业找份工作。我还没见过他，但是他有一定的影响力。只是我以为你，霍金斯太太，可能有更多内幕消息。可怜的家伙，所以，他的膀胱真的有问题吗？"

"不，我那只是比喻的说法。"

有什么地方在放舞曲。我吃了那些烤成椭圆形的小面包，伴着牡蛎、小银鱼，还有其他东西，这道菜叫"马背上的天使"，那时候常在饭后上，现在没那么常见了。莱德勒先生喝了点白兰地。

"伊泽贝尔，"他解释说，"喜欢艺术家什么的。她去那些酒吧和聚会场所，是在聊文化。不过我不能再说这些话让你觉得无聊了。"

"伊泽贝尔应该去音乐会、美术馆,还有诗歌朗诵会。"我说。

他打了辆车,坚持要把我送到家门口。

"晚安,霍金斯太太。有你做伴,我很开心。"

"非常感谢您,莱德勒先生。"伊泽贝尔的爸爸是已婚、离异、丧偶,还是单身,我再也无从得知。

房子里,米莉的厨房传来了一声欢呼。我调查后发现,这个声音不是因为狂欢,而是惊恐。旺达那位匿名的恐吓者再次突袭,这次是通过电话,就在半小时之前,十一点十五分。旺达吵醒了房子里的人,现在她正在这里一边哭一边喝茶。旁边有米莉;巴兹尔·卡林和伊娃·卡林,那对住在正前方客卧一体房里的安静夫妇;片区护士凯特·帕克;年轻的伊泽贝尔,昏昏欲睡,打着哈欠,用手轻轻拍打着张开的嘴;还有医学生威廉·托德,从一瓶阿司匹林里摸找着药棉。事实上,旁边是我们所有人。卡林夫妇穿着利伯缇①的睡袍,看起来穿得要比白天更漂亮,而且确实有些浪漫。我突然想到他们是相爱的。

---

① 利伯缇,Liberty of London,英国顶级面料品牌,凭借正统又鲜明的英伦格调,深得世界各地时装和纺织品爱好者的喜爱。

凯特·帕克在一套睡衣外面套了件白色罩衫。威廉·托德穿了一套条纹棉睡衣；他的钱还没多到能买睡袍。旺达穿着一件紫色的塔夫绸①和服式睡袍，米莉穿着一件蓝色的丝绸和服式睡袍。而伊泽贝尔穿的是有点透明的粉色尼龙。我穿着黑色蕾丝裙，胳膊上还搭着裘皮，这让他们暂时沉默了，也许是感到惊讶。然后，旺达再次从头开始讲述她催人泪下的故事，其间夹杂着这一小群人的议论。之前所有人都上床睡觉了。电话响了。威廉跑下楼去接。是一个男人打来的，急切地要找波多拉克太太。威廉把她叫过来，然后又开始爬楼梯回自己的房间。然后，整栋房子被旺达一阵长长的尖叫声吵醒。

至此我们能从这次事件中明显看出，折磨旺达的不是租客里的某个人，而且是个男人。

她听出是谁的声音了吗？——没有，旺达说。

外国人？——不是。

"好吧，"我说，"我们应该报警。"

旺达发出一阵又长又响的叫喊声，说不要。"我可能

---

① 指的是用优质桑蚕丝经过脱胶的熟丝以平纹组织织成的绢类丝织物。

认识他。我只是听不出来是谁。"她说。

米莉拿来了更多的杯子,给周围的每个人都递了茶。

在我们让旺达睡觉之前,我给了她一个笔记本,告诉她尽快记下她对这个声音的所有记忆,记下他说了什么。"我不想记什么东西。"旺达说。我想她已经隐约感觉到这个声音是谁的了。也许,她已经开始将一切拼起来了。

巴兹尔·卡林充满信心地对威廉·托德说:"接下来他肯定会亲自出马,要是让我抓到他,我要把他眼睛打肿。"

"我要把他牙打掉。"威廉说。

他们俩没有如愿以偿。为了找出折磨旺达的人,我们要花很多时间,要试着斗智。这个想法在接下来的几个月里一直萦绕在我们的生活背景中。但是我们都忙于自己的生活前景,没有注意到即将发生在旺达身上的事情。

但是那天夜里,当每个人都在谈论、鼓吹、提出自己的想法时,我从厨房的门走进了花园,欣赏那轮又大又亮的明月,它照亮了米莉的花坛,照亮了她心爱的倚墙而生的高大蜀葵,照亮了她花坛边缘的三色堇花境。圣畔别墅其他房子里的人都睡着了。我感觉有一种巨大的轻松感降临我们的房子。我知道，直到今晚的这通电话证明了我们当中没有人是旺达遭受折磨的原因，我们才意识到过去六周的重压。生活在猜疑中很可怕。我和米莉偷偷地仔细观察了每个人，我现在忽然想到，除了米莉，房子里的每一个人都不可避免地怀疑彼此，而且也怀疑我。

赫克托·巴特勒特已经被我抛诸脑后；我想不到他能跟旺达有什么联系，我还没有突然碰上那条微弱可循的痕迹——就像蜗牛缓慢爬行离开后留下的东西一样——能把他和旺达联系起来。但就算我知道，这也跟我的解脱之感无关：迫害者不是我们中的一个，不是我们中的一个。

现在，为了让大家更振作一些，有人打开无线电收音机调到了卢森堡电台，节目正在放送深夜舞曲。我能听到米莉在恳求所有人安静一点。我能听到厨房里茶杯的叮当声，他们放松之后喋喋不休的声音；这栋房子里的人心照不宣地如释重负，变得絮絮叨叨。甚至现在楼上的旺达也不哭了；她又下了楼，但只是为了宣布——声音一直持续地传到我所在的花园里——她一再重复的断言：

迫害她的人是红衣主教（当时众所周知，广受谴责、博学多才的共产主义者，坎特伯雷大主教）的特工。

威廉·托德突然来到花园。"多美的月亮啊！"他说。他握住我的一只手，用另一只手臂尽可能地搂住我的粗腰，伴着音乐带着我在整片草坪上跳舞，他穿着棉睡衣，而我，霍金斯太太，穿着我的黑色蕾丝礼服裙。

六

在等另一份工作的时候，我就当自己在度假；我把自己在圣畔别墅的房间重新粉刷了一下，还换了新窗帘。我给凯茜找了份兼做簿记员和发票管理员的工作，不是她想要的和出版商一起工作，而是和诺丁山一个没什么名气的印刷商一起工作，这个人很亲切，他知道我们在阿尔斯沃特出版社有困难，但其实是米莉让她得到了这份工作。而我，是通过片区护士凯特找到了工作。

当你在找工作的时候，最好的做法是告诉所有人——不管地位高低——而且不断地提醒他们，请他们帮你留意。这个建议不能保证让你找到工作,但有意思的是,你能通过最不可能的人找到非常合适的工作。例如,如果你想找一份管理顾问或者是电视播音员的工作,并且可以胜任,你自然会申请能找到的工作,刊登在普通报纸上的,以及合适的机构或者商界的朋友知道的。但是,你还应该告诉邮递员、修理厂的技工、餐厅的服务员、旅馆的门卫、杂货商、屠夫和日常家政服务人员;你应该告诉所有人,包括你在火车上认识的人。

令人惊讶的是,有多少人暗地里都相信命运。消息四处流传,轻松之余,一个商人就会颇有兴致地听酒吧的服务员或者门卫说话。听到他想找的人,他可能会觉得自己运气不错,然后安排第二天就见求职的人。这关系到一种得意扬扬的炫耀感:"我碰巧想找个会计师,你知不知道我是通过山羊酒吧的服务员找到了一流的伙伴?"人们喜爱巧合、命运、一次机缘巧合。如果你想找工作,这件事值得告诉所有人。不管怎么说,当你在找工作的时候,总是在黑暗中摸索。

事情是这样的,米莉每周四下午都会和她的邻居朋友特温尼太太一起玩宾戈游戏,她听米莉说,我前办公室一个叫凯茜的簿记员给我打了很多电话,说想在出版行业另找一份工作,吵得我不得安宁。特温尼太太提到,特温尼先生正在给一个出版商装架子。实际上,她说的是印刷商,在她看来都一样。几天后,米莉非常激动地告诉了我这段对话;同时还告诉我一个消息,说特温尼先生给凯茜争取了一次面试。"说来真怪,他就在找一个簿记员,"米莉说,"而且他在找一个可靠的人,最好有人推荐。他们要处理现金。"于是我就带凯茜坐上了去诺丁山的公交车。凯茜起初对申请这份工作表示反对,理由是伦敦西八区的印刷商根本没法跟西一区的出版商相比。五点三十分,我在南肯辛顿站附近一家新开的意式浓缩咖啡馆见了她,之后伦敦各处都开了这类咖啡馆。她还在阿尔斯沃特出版社工作,但她知道它注定会破产;单从她努力记的账簿中,她就再清楚不过了。她把卡布奇诺举到嘴边,皱着脸,染了色的头发逐渐变秃,她看着我;她透过厚厚的镜片看着我,说:"我该把头伸到煤气炉里的。"

我想都没想过她会得到这份工作。但我陪她一起去面试了,她成功了。她被当场雇用的唯一可能的解释——除了我在一封简单的推荐信中给她的诚实做了担保(代替马丁·约克写的一封信,我没觉得这能帮凯茜多大忙,也快到最终审判他欺诈罪行的时间了)——是印刷商威尔斯先生表现出的一种迷信。我在嘈杂的外部车间等着凯茜,坐在一把专门给我掸去了灰尘的椅子上。威尔斯先生和凯茜出来了,两个人都面带微笑。"这种巧合太让人意外了!"他说,"这个人在给我装架子,然后我们喝咖啡休息的时候聊了会儿天,他碰巧提到……"我猜雇用凯茜这件事成了他最爱讲的奇闻。她做这份工作做了十二年,在她的雇主去世的那一天,她也退休了。

我碰巧很轻松地给帕特里克找到了一份工作,实际上是查令十字街的一个书商问我的,有一天我去他店里,在二手书架周围翻找时,他问我认不认识能看店、卖书,以及包装和寄出邮购订单的年轻人。这却让我为帕特里克妻子梅布尔的一系列反应而困扰。她每天都给我打电话,有时一天打两次,一下表达感激,一下又表示指责。先说我是一个很好的女人,给帕特里克做了件天大的好事,尤其是他现在的工资更高了;转头又说我是一个又肥又老的淫妇,一直想用花言巧语和小恩小惠把他哄骗到我的床上。考虑到帕特里克,我尽可能地迁就她。我几乎没听她在电话里说了什么，所以我的回答总是对不上她说的话。"这是我的荣幸，梅布尔。我没有什么麻烦。希望你现在一切都好。"当她有一次其实是在指责我和他丈夫"颠鸾倒凤"的时候，我是这么回答的。

米莉接到梅布尔的电话时，扬言要报告给警察，拒绝叫我来接电话。我去书店看了帕特里克："帕特里克，你得带梅布尔去看看医生。""她不会去的。"他说道，都快哭了。

在找到下一份工作之前的那些日子里，我有段时间会外出走很久，不管天气如何；我发现了办公室工作者从未见过的伦敦风光和面貌。我记得有一天，一定是晴朗的一天，因为摄政公园的一条街道上正在拍一部电影，通过人工降雨制造了很大的降雨量。

"一边是梅布尔和她打来的电话，一边是匿名信和找旺达的电话，这房子现在也太可怕了。"米莉说，"收拾行李吧，霍金斯太太。我带你回家待两周。"

米莉说的"家"在科克郡。我很愿意接受邀请，在爱尔兰的细雨和阳光下享受一个夏日假期，远离疯狂、不可靠的伦敦，远离那些带着敬意认可文化生活，却和它撇得一干二净的人。

米莉的大女儿和她的丈夫住在科克郊区的一栋新房子里，我们每天都从那里出发，去探索爱尔兰南部一些新鲜的青葱草木。到了晚上，我会躺在床上，尽可能久地保持清醒，脑海里听到的声音是轻柔的低语和有趣的故事，看到的是枝繁叶茂的环境。有时我会想起伦敦，想知道命运会把我带向未来的什么地方；有时在那些宝贵、寂静、醒着的时间里，我会想起旺达。我想得比之前更清楚了。我觉得她在隐瞒些什么，她并非——如她自己所说——完全不清楚敌人的可能身份。自那天晚上的匿名电话之后，她声称自己已经收到了第二封信，但是她没有拿出来给人看。据旺达所说，写信的人改变了他威胁的目的。不再是收入所得税，而是一些别的东西。至于那通电话，她不确定是谁。这让我想到，反正这个男人现在知道她税务上的小问题已经摆平了。但是旺达还是很心烦，非常苦恼。当我去爱尔兰之前跟她道别时，她哭了，我以为她会告诉我一些事情；但是她犹豫了，决定不说。我没有逼她。的确，从某种意义上说，我不想知道，因为这么多人把自己的困难告诉我，让我很有负担。我还年轻,才二十几岁,所有人都把我当成韶华已逝的胖版智慧女神。有一天晚上我想着自己的未来,未来有什么可能性,奇怪、不自觉地想到圣畔别墅被月光照亮的花园景象,在萨沃伊吃完饭后旺达接到匿名电话的那个晚上——就这么睡着了;我还想到了带着我一圈一圈旋转的威廉·托德。

我和米莉回到家时,只有一件事情发生了变化,而且没有对我们产生太大影响:隔壁房子里住的人换了。玛奇的妻儿走了,然后另一个女孩——玛奇介绍时也说是"我的妻子"——带着两个孩子和一个妹妹取代了他们。他前妻的妹妹留了下来:这个混搭很有趣。米莉对这样的结果有很多猜测。

麦金托什-图利大型出版公司的董事伊恩·图利看着他的袖珍日记本说:"我建议你下周一开始上班,11号,霍金斯太太。你方便吗?"我说很合适。提前了一周。"你会发现那正好是我们公司活动的高峰期。"他说,目光仍然停留在日记本的那一页上,"第二天是 10 月 12 号,周二,满月:作家们要有动作了。"

"你发现月亮会对作家有影响吗,图利先生?"我说。

"哦,影响可大了,相信我,"他认真地说,"每到满月,那些人的动作都相当大。"

这句话,连同办公室的装饰风格,让我格外高兴:我已经知道这份新的工作将会有种冒险的味道。

我没想到能得到这份工作。事实上我怀疑,一定有很多经验丰富的男女编辑申请了这份工作,他们有人推荐,有资历,有荣誉学位,有专业技能;而且在我工作了一段时间之后,我发现这是真的。许多知名的评论家、文学编辑和 BBC 员工向麦金托什-图利出版社申请了这份工作,还接受了面试。我也是后来才知道为什么自己会在这些出色的应聘者中脱颖而出,得到了雇用。

我在 10 月通过凯特得到了这份在麦金托什-图利出版社的工作,她整个 9 月都一直在照料亚历克·图利爵士一位年迈的姻亲。马丁·约克已经因欺诈罪被逮捕,现在获准取保候审,在一家私人疗养院受精神科医生照料。

出版界都在传流言蜚语,阿尔斯沃特出版社还有他的其他经营项目即将破产,无可避免。相当多的人要承受重大的经济损失。

为了让她非常喜欢的这位病人开心,凯特每天都会读《泰晤士报》上的一些内容给她听,我想还会加上她符合道德秩序的恰当的观察评论,她一贯如此。而且,据凯特所说,马丁·约克被捕的新闻——附上他被指控的(报纸还停留在这个阶段)欺诈和伪造罪行——深深地吸引了凯特的病人。凯特不自觉地说出自己认识一个直到最近之前,都一直在阿尔斯沃特出版社做编辑的人,可惜丢了工作。

这一消息迅速传到了亚历克·图利爵士那里。我相信他这位生病的亲戚肯定很贫困,不然她会请个私人护士,而不是凯特。我猜想,差不多算认识能实际观察到马丁·约克公司见不得人的勾当的内部人员,是这位贫困的亲戚献给富裕的亚历克爵士的礼物,而他反过来又出于好奇给我安排了一场面试。这是我对自己为何得到面试机会的解释,因为当时肯定有编辑的职位空缺,而且候选人很多,所需的资历也远远高于我所有的。诸如此类的一系列这样那样的原因促使我得到了面试的机会。至于我为什么能真正得到这份工作,我敢肯定,是出于其他原因。凯特公正地提醒我："这些人跟你每天见的人不一样，霍金斯太太。他们可以把大学生和年轻的贵族子弟当办公室勤杂工使唤。"

但考虑到凯特总是用华丽的辞藻来表达自己真诚的信念，我得到这份工作的原因仍然是个谜。后来我才明白答案是什么。

我依次接受了两位董事的面试。麦金托什-图利出版社的伊恩·图利，亚历克·图利爵士的儿子（已经没有麦金托什家族的人了），他是第二位，为人古怪，很难懂。最开始，我被带到了亚历克爵士铺着地毯的大办公室里。我相当紧张，所以起初忽视了很多细节。一个上了年纪的男人。一种我深深觉得令人惊讶的声音，一种微弱的声音。我忙着应付面试，一心想着自己有没有可能在这家重要的出版公司得到一份工作，结果没太听进亚历克爵士说的话。

"霍金斯太太，我相信你实际上在阿尔斯沃特出版社工作过，是吧？一定是段有趣的经历。"他提示我。

我说是的。

"那你对约克先生的行为做何感想？"

我说,如果证实马丁·约克伪造了文件,又没有采取丝毫的预防措施来掩盖自己的笔迹,那我想他是精神错乱了。"但是,"我说,"我在阿尔斯沃特出版社的工作是跟实体的书籍打交道。"

"啊,对,事实上是书籍。"这位德高望重的出版商说,"没错,我们这里的许多员工事实上都对书籍非常感兴趣。事实上,我们一位资历很深的同事就在几天前,在一次会议上说,他可能会试着重新找回自己的最爱——书籍。那现在说说看,事实上,霍金斯太太……"

我开始怀疑自己是不是溜达到了非法的营业场所。他们是在这里非法贩卖番茄汤、女装,还有洗衣机吗?但是亚历克爵士继续逼问:"……事实上,难道股东大会上没有困难和争论吗?我确信你肯定知道。"

我告诉他,我从来没有参加过股东大会,但是报纸上说涉及很多钱。

"确实如此,霍金斯太太。酿酒厂,建设方案。事实上,我非常理解你想置身事外的想法,但是我向你保证,你说的任何话都不会传到这四面墙之外。要知道约克是个疯子,我不是,事实上,不说这个,告诉我关于泰德·阿

91

尔斯沃特的事情吧。我想这件事让他郁闷不已吧？"

我现在注意到了更多东西。他办公桌上放着一张镶了银框的照片，上面是一个二十多岁的女子，穿着宫廷礼服，拿着一把鸵鸟羽毛做的扇子。

亚历克爵士很瘦，头发花白，声音很符合他的样子，听上去就像是掩藏在一丛薰衣草下面的叶子燃烧后飘出的一团烟雾。他声音中的努力似乎不该遭逢疲倦和无聊；的确，他急于一再追问我，真心想找工作的我感到很不耐烦，不仅因为他装模作样的态度，而且因为我已经准备好接受严肃的面试，却一直在接受可笑的盘问。更何况，我是打车来的。我去面试总是会打车。

我说我得知他们有一个编辑的职位空缺。

"是的，"他吸了口气，"事实上有一个编辑的职位空缺，我相信是这样。"他按了办公桌上的一个按钮，用内部电话说道："伊恩，你能进来一下吗？这里有一位女编辑，事实上可能非常适合我们。是的，现在。"

他站了起来，我也站了起来。他送我到门口，门也刚好打开，伊恩·图利进来了。亚历克爵士朝我伸出一只无力的手，我握上去的时候，他似乎是要把我的手甩得无影无踪。"伊恩,这是霍金斯太太。"然后他对我说,更准确地说是叹息着说:"我希望你不要相信是莎士比亚写了那些剧本。事实上,证据经不起独立的审查。当他低头看到埃文河畔的斯特拉特福①事实上在发生什么,他一定在另一个世界暗自发笑,如果事实上存在这个世界的话。"

我跟着伊恩·图利走过了一条铺着地毯的走廊,墙壁上排列着狄更斯《博兹》②插图的复制品,走进了他的办公室里,没那么大,但让人印象很深的是它的橡木护墙板。

伊恩·图利比他的父亲更健壮些,他和他父亲很像,就是有点斜眼,但我不久就发现并非如此;这是由于他的鼻子有些倾斜造成的。和他的父亲不同,他随便穿了件运动夹克和一条棕色的灯芯绒长裤,这不是当时办公室的寻常穿着。更不寻常的是,他系了条鲜绿色的领带。我想,这样看来他可能很有趣。

---

① 伦敦以西 180 公里的埃文河畔斯特拉特福小镇是戏剧家莎士比亚诞生和逝世的地方。
② 《博兹札记》是英国作家查尔斯·狄更斯的第一部散文集。

他开始看着我，非常近，非常仔细，一点都不像是一个男人在看着一个女人，而是好像出于某种我完全不理解的目的把我当成一个标本。我的身体感觉得非常清楚。

"你是在那位自称金融天才的马丁·约克手下工作过吗?"他说。

"我曾经是那家出版公司的编辑。他们出版了一些好书。"我说。

"那么，你知道怎么校对，怎么跟作家打交道，等等等等。"

"所有。"我说，其实并不清楚"等等"指的是什么。

现在我急着想要离开；我确信他们让我来只是出于好奇，而且他们无论如何找的都是有荣誉学位的毕业生或者是像那样的人。

一个高高瘦瘦的女孩端着茶走了进来，餐盘上摆着一个银茶壶和精致的瓷杯。"谢谢你，阿比盖尔。我来介绍一下，霍金斯太太，她即将加入我们——阿比盖尔·德·莫德尔·斯坦斯-奈特。"

我就是这么知道我得到了这份工作的。莫德尔·斯坦斯-奈特女士回过头冲我轻轻地笑了一下,因为她已经准备离开办公室了。

"阿比盖尔,"伊恩·图利在她出去之后说,"是'处女座'。"听到这话我很警觉,但随即放松下来,因为他继续讲解他自己对星体的一些研究,还向我保证,只要我说出我和我父母确切的出生时分,他就能算出我完整的星象图。他们和我的出生年月日,他跟我保证,还不够。还要具体到时和分。而他结束这段面试的话我已经记下来了:"我建议你下周一开始……第二天是 10 月 12 号,周二,满月:作家们要有动作了。"

我相信,负责聘用高级职员的伊恩·图利,总是下意识地选择在某些方面不太正常的人。

办公室挤满了人,但并没有什么效率——秘书、簿记员、文档管理员、打字员,分成不同的部门,所有人的品味和外表都很普通;过了一段时间我才注意到,那些主管,那些负责管理,要跟代理商尤其是作家打交道的人,多少都有些残疾和弱不禁风,不是有身体问题,就是有其他状况。我慢慢才意识到这一点,因为我的这些同事自然而然地引起了我的同情。当我开始拼凑最初雇他们来工作的可能动机时——尽管我可能是无意识的,我突然想知道自己有什么"问题"。

我越来越意识到这一点,这个过程花了我好几个月的时间。我能立刻毫不怀疑地说,运营这个办公室的,都是招人喜欢的人。但是不管怎样,是个人都会为他们感到遗憾,或者因他们天真的陪伴感到尴尬。要找这些人的茬,跟他们发生争执,或者表现出任何的不耐烦,都太难了。我没试过。但是,那些试过的人——大多数是印刷商、作家、装订工、代理商这些外部人员——似乎让自己变成了野兽般粗鲁的人,而且他们自己可能也这么觉得。

在这些高级职员当中,有一个很有魅力的医生,五十岁,但已经被辞退了;有一个会计师,脸瘦瘦白白的,口吃很严重,总是一个字一个字地在最后讲出最招人喜欢的话。我的编辑同事是个脾气很好但有点迷糊的年轻女人,是教区司祭的女儿,她的半边脸被一块葡萄酒色的胎记给毁了,看上去很吓人。生产部的负责人完全没有什么能力,但是非常幽默,他勇敢地忍受着十二指肠溃疡的疼痛,而且因为战伤瘸了腿。和伊恩·图利同级却是二把手的董事人也很好。我们很少看到她。她主要是在幕后工作,但是当她露面要处理一个特别难的问题或者跟一位身居要职的代理商签订一本畅销书的合同时,大家都会安静地遵从她,尽管她是一位强硬的女商人;她是三十年代初一个臭名昭著的杀人狂的女儿;她的父亲被绞死了;没有人会对她强硬。

还有一个经常来公司的摄影师,个子小小的,脸像羊皮纸一样,看上去总是很累,这个人说自己叫弗拉基米尔,是白俄罗斯人,据说会殴打他的母亲。麦金托什-图利出版社花了一小笔聘请费雇用他,他的工作就是拍下作家最"有意思的"照片,也就是最不得体、最怪诞的照片。那些愚蠢到坐着任他拍的作家,他们的照片会出现在书封上。没用上的照片被弗拉基米尔以合适的价钱卖给了苏豪区①的一家秘密商店,这样可以贴补他从麦金托什-图利出版社和其他一些出版商——想要杀杀那些总是过于自负的作家的威风——那里拿到的蝇头小利。

---

① 位于伦敦西部的次级行政区西敏市(Westminster)境内,原本是当地的红灯区。

弗拉基米尔的命运很不幸；三年后，1957年，他因白血病去世，那时他被发现不是白俄罗斯血统高贵的弗拉基米尔，而是旺兹沃思①的西里尔·比格斯。但在1954年，他很出名，是麦金托什-图利出版社的忠实盟友。我认为，如果开膛手杰克有后代，他们会雇用他的。这是他们做生意的方式，就像在远东，残废仍然是一种职业，一种生活之道。

伊恩·图利本人就是他自己的托词。素食主义者、笔迹学家、占星师，他会把一切麻烦和苦恼归咎于星星以某种迹象上升，或者月亮的盈亏。所有的疾病都是食肉引起的，他认为这些疾病可以通过结合素食和射电电子学而治愈。后面这种治疗方法那时候被称为（现在也被称为）治疗箱。伊恩·图利就有这么一个箱子，并训练他的秘书，那位又高又迷人的阿比盖尔·德·莫德尔·斯坦斯-奈特来操作它。伊恩·图利宣称她在操作治疗箱，或者是在他所说的射电电子学方面非常有天赋；而且，除了给他拿来一碟晨间咖啡和下午茶（但是不泡），这就是

① 英国英格兰大伦敦内伦敦的自治市。

她全部的工作。巧合的是，阿比盖尔不相信射电电子学。她觉得治疗箱根本就是骗人的东西。她之所以做这份工作，只是因为这对她来说是一个愉快轻松的职业，是一个能让她领到工资的笑话。

这个治疗箱实际上是一个很小的黑匣子，大小和一个化妆盒差不多。图利的模型是同类产品中的第一个，打开之后会露出一排不同颜色的灯和一些旋钮。有一个地方可以放入一根头发或者血涂片，这应该是用来治愈那些取了血样或者头发的人得的疾病。我正在描述自己第一次见到电子治疗箱的情景，那时阿比盖尔把它拿给我看，严肃但随意地跟我解释怎么用。在我看来，它没有任何发挥作用的可能性，就像儿童的玩具电话一样，孩子们完成了拨电话和讲话的动作，但根本没打出去。那是我第一次看见它，在这里我要说的是，在我研究了大量射电电子学的资料之后最后一次看见它（就在前几天）的时候，这个如此精密复杂的仪器对我来说，似乎还是没有用。在阿比盖尔给我看这个治疗箱的时候，我发现它没有效果，不知怎么让我有点放心，因为正如我指出的那样，如果这个治疗箱能做好事，那也能做坏事。"这是有道理的。"我说。

"哦，"阿比盖尔·德·莫德尔·斯坦斯-奈特说，"你说得太对了。但是别让伊恩听到你这么说。对他来说，这个箱子是不可能有任何坏处的。而且事实上，它也没有对谁造成什么伤害，我们面对现实吧。"

她是一个非常好的女孩，尽管她有一个这样的名字。同样，我也不觉得能用这个箱子做什么坏事，但也做不了好事，什么事都做不了。我更好奇想知道的是，究竟在伊恩·图利的想象中，她在用这个东西做什么。依照伊恩·图利的要求，她打算让谁患病，或者治谁的病？

"这可得保密。"她说，有所顾忌。

但是，我保留的关于麦金托什-图利出版社那些奇怪的回忆，满是一种亲切感。我知道我不应该喜欢待在那里，尽管我真的很喜欢，因为公司的幸福首先取决于成员的幸福，其次才是原则。原则是所有人最不愿意操心的事情，尽管它和阿尔斯沃特出版社大不相同，因为首先，麦金托什-图利出版社的业务发展得很快、很成功。但是，仅仅能够在平衡账簿和做好生意之间找到平衡，并不意味着你就是一个有道德原则的人。从许多方面来说，可怜的马丁·约克比图利这样的人更有原则。

如今，在我心爱的失眠症发作的时候，我常常会想起麦金托什-图利出版社——在科芬园①旁边的一条街道上——漂亮的旧办公室，那些办公室的天花板很高，十八年后，当麦金托什-图利出版社与另一家出版社合并并且搬到那里去之后，它们就被拆毁了，变得很现代，甚至连外墙都粉刷一新，我在街上经过的时候，差点没认出来。

在我睁大双眼的午夜，我再次看到了自己那间小小的办公室，向外能看到后院的水井，光线昏暗；但是，有一间自己的办公室感觉很不错，在自己的世界前进了一步。在这里，我负责初出茅庐、心怀抱负的执笔人，换句话说，就是作家；通常，由麦金托什-图利出版社发表作品的执笔人分为两类：作家和名人。后者是公司名单上为数不多的在世著名作家，这些名人和安·克拉夫——她的父亲虽然彻底疯了，但还是被绞死了——有关。

①　中古时期原为修道院花园，15世纪时重建为适合绅士居住的高级住宅区，同时造就了伦敦第一个广场，后来成为蔬果市场，目前以街头艺人和购物街区著称。

我的编辑同事叫康妮,脸上有一块葡萄酒色的胎记,一副胆怯迷糊的模样;尽管我努力了,但我还是没想起她姓什么。的确,她出神发呆的样子和若有似无的性格似乎在说"忘了我";她似乎生活在圆括号里;但是我没有忘记她,只是忘了她的姓而已。当我习惯了之后,甚至连她脸上的胎记都变得不那么显眼了,就像一些斑点一样。

康妮在我隔壁的办公室里办公。她负责接收新作家的手稿,浏览一遍,如果是相当有文学水平,就把它们寄给读者等待反馈,这些读者大多已经退休,贫困未婚,生活在乡下,受过一定的教育,他们很高兴能做这份工作额外挣些钱,他们应该能代表普通读者。康妮很喜欢跟这些读者保持大量的联系。他们冗长的反馈一般都不怎么乐观,开头都是像"恐怕《街角的咖啡店》很难成为一部杰作……"或者"我不推荐这本小说。主题的严肃也无法弥补一些场景中肮脏的元素"这样的话。接下去就是故事梗概,散乱地写了四五页那么长。结尾段总是只有一句话,正式提出意见给人留下印象,例如,"不行,我再强调一次,您写的小说,不行,特拉弗斯先生"或者"一定要断然拒绝这个作家"。然而,在康妮看来,这些表达鄙夷的信件会因为附信而焕发生机,他们会附信告诉她什罗普郡①的天气如何,玫瑰和天竺葵开得如何,侄子、侄女如何,或者有时会提到生病的母亲。康妮把这些被判死刑的手稿送到包装部门之后,会愉快、详细地回复这些笔友;这些手稿会附上退稿通知,送到它们的主人手里。谁知道公众会不会因为这种甄选手段真的错过了什么杰作。我想知道当时有多少心怀抱负的作家现在抽屉里还放着一张张石沉大海的文稿。

康妮的另一项工作是校样编辑,她做得很糟糕。康妮无法顺利地把作家更正的内容移到清样上,要么平均一页漏掉三处更正内容,要么把新插入的材料全都抄错。在那段时间里,作者用的是很长的长条校样,后面才会制成拼版样。只有当书最终上市的时候,康妮的错误才会被发现,但她意识不到它们的存在。愤怒的作家会写信说她损毁了他们的书,她会把这些信放在椅垫下面,留待以后处理;她胆怯地跟电话那头愤怒的声音提出建议,说他们应该写一封信记下自己不满的地方,下一版就会处

---

① 英国英格兰西米德兰兹的郡。

理。但是，如果他们坚持要当面拜访她，这些作家一见到康妮那块不幸的葡萄酒色胎记，怒气就会立即平息。你不可能对康妮凶得起来，康妮会用轻飘飘的声音保证下一次印刷时会把这个问题纠正过来，所以总能达成友好的协议。因为几乎不会有下一次印刷，所以足够安全。

有时，作家的代理商会直接找到康妮的上级来抱怨她，因为她忽略了书本第一页中作家已经准确纠正了的印刷错误，于是"金发的"（blond）男人变成了"眼瞎的"（blind）男人，所以就没人能理解之后的故事。像这样的状况都是活泼风趣的科林·舒尔用昂贵的午餐摆平的。科林·舒尔已经被吊销了行医执照，而且无论这些和平缱宴的结果如何，都没能传到康妮的耳朵里或者办公桌上。"我们不能让员工感到不安"，这是迷人的科林·舒尔常说的几句话之一。

我喝咖啡跟喝茶的休息时间经常和康妮在一起，有时在她的办公室里，有时在我的办公室里。我的工作是从她那里收集特定的手稿，这些数量稀少的手稿有微弱的可能性能在经过打磨后出版，或者是它们的作者或许值得培养。正如科林·舒尔所说，这件事情的不确定性很大。我不得不和作者交谈。科林说,他不羡慕我的工作,亲切地添上一句他更常说的箴言:"最好的作家是已故的作家。"的确,如果我们只需要跟书,而不用跟活着的作家打交道,我们会更轻松一些;麦金托什-图利出版社有一份很短的已故作家的存书清单,这些作家不会造成多大麻烦(除了偶尔通过他们的继承人和遗嘱执行人,如果这些人太难对付,就需要带他们出去吃顿午餐)。

我非常清楚这种感觉,但同时我也希望自己工作时能跟人接触。

"书不会蠕蠕而动;作者会。"这是科林·舒尔说过的话之一。"他们太把自己当回事儿了。"科林·舒尔会这么说,"没有一个作者不把自己的书当回事儿。"我觉得这对作者而言显然是一种美德;不过与此同时,这些漫不经心表达出的偏见也给公司的我们营造了一种小圈子的感觉,尽管这种感觉不道德,我本不应该喜欢,但我确实很喜欢。

但是我为我的作者感到高兴,虽然我承认他们中的大多数人或多或少都是尿稿人。"从某种程度上说,"科林说,"你很幸运,跟作家,而不是跟名人打交道。"那一刻,他极度兴奋,因为他正要跟著名的艾玛·洛伊共进午餐,她暗示可能会把下一部小说交给麦金托什-图利出版社。科林·舒尔担了重责,要给这个新的名人办一场伟大的庆典。我衷心希望科林的努力会失败,艾玛·洛伊会把她的书带到其他地方。

我邀请那些初出茅庐、心怀抱负的作家来跟我见面。他们当中的有些人,我在阿尔斯沃特出版社的时候就已经联系过。我在办公室的一个角落里临时装了一个电热板和一个水壶,这样一来下午我可以提供茶和饼干,上午可以提供咖啡和饼干,就不用麻烦那些通常负责准备办公室的茶和咖啡的打字员了。我想,在我把茶、饼干和建议分发给别人的时候,我一定是个很强大、有点母性光辉的形象。我现在还能看到那些男男女女——大多是年轻人——一个接一个地来,一周来两三次,坐在我为他们安排的扶手椅上,聆听我要对他们的手稿说些什么。极少极少一部分注定要从事文学事业,但他们中的许多人比我还要了解情况,这让我很难处理那些不确定有没有天赋的聪明作家。我总是会坦白地给出建议;但给出建议是一回事,说服人们接受建议是另一回事。在麦金托什-

图利出版社,在这个阶段,我的大个头有时能起到作用,但并非总是如此。

我记得一些随机的场景,随后的记忆也还在;结果我想起大概十年前,我清醒地躺在黑暗中,当时我脑海中浮现的,是我在麦金托什-图利出版社的办公室里跟一个年轻男人的会面,他是我见过最英俊的人之一,是一本言之无物的长篇小说的作者。它只证明了他很激昂地想写;我告诉他我们不能接受这本书,不过他应该尝试另写一本,再简洁些,不要这么长篇大论、不知所云,写点特别的东西。关于那场会谈,我想不起太多别的,但我记得他开始了一段啰唆的讲话,引用了言之无物但很著名的长篇小说。我读过《芬尼根的守灵夜》①吗?

我得承认我没有,我没有从头读到尾。我当时不知道很少有人读过。

他说了一个小时。他接过我的咖啡和饼干,然后继续说。我希望我能更多地记住他说的话;但那已经完全

---

① 爱尔兰作家詹姆斯·乔伊斯最后一部长篇小说。

超过我的理解能力了。我读过托马斯·曼①的《布登勃洛克一家》吗？

我没有，但我听说过。我抓住机会回避了这个问题："但它写了特别的东西。"

他说它只是包含了细节，然后继续说。我读过普鲁斯特②的书吗？

太好了，我读过普鲁斯特的书。

"你是说他写了特别的东西？"

中午十二点了。主之天神报……"嗯，所有的都很特别，不是吗？"

道成肉身……

"嗯，我的小说，所有的都很特别。"

万福玛利亚，满被圣宠者……

"确实如此，"我说，"但这不是普鲁斯特。"

"所以你是在找第二个普鲁斯特吗？"他说，"一个还

---

① 托马斯·曼，德国 20 世纪最著名的现实主义作家和人道主义者，其长篇小说《布登勃洛克一家》被誉为德国资产阶级的"一部灵魂史"。
② 马塞尔·普鲁斯特，20 世纪法国最伟大的小说家之一，意识流文学的先驱与大师。

不够吗?"

我忘了我是怎么把他弄出办公室的了;我只记得他走了。我记得那天是 11 月 1 日,有一份晚报上刊登了温斯顿·丘吉尔的画像,由格雷厄姆·萨瑟兰所画,是议会送给他的,在他死后几年,他的妻子赫然将它毁掉了;我夜里都在想,她真正的目的何在。我也想知道,这位英俊的年轻男人和他的长篇小说发生了什么,他的小说太长了,他得把它分成两部分,导致他走出办公室的时候,一只胳膊夹着一半。

现在,给作家提建议的工作落到了我身上,至少这么多作家中,有两个取得了成果。所以我会在这里重复、免费提建议。我的方法对这样一类作家来说是有用的,他们有一些想象力,想要写一本小说,但不知道如何开始。

"你是在给一个朋友写信,"这是我以前常说的那种话,"而且是一个跟你最亲切、最亲密的朋友,像你脑海中非常依恋的,真实存在的——或者最好是虚构的人。私下写,而不是公开地写;不要害怕,不要胆怯,一直写到信的结尾,就当作它永远也不会出版,这样一来你真正的朋友就会一遍又一遍地读它,然后会想要你写更多让人陶醉的信。现在，你不是在写你的朋友和你之间的关系；你认为那是顺理成章的。你只是在倾诉一段你认为只有他才会喜欢读的经历。这样你说的话会比你想着无数读者而说的更自然、更真诚。在开始写这封信之前，在你的脑海中排练一下你要说的话；要有一些有趣的事情，你的故事。但是不要排练太多，只要你进行下去，故事就会发展，尤其是当你写信给一个特别的朋友——不论男女——想让他们微笑、大笑或大哭，或者是做出任何你想看到的样子，只要你能用你所写的东西吸引他们。记住不要想着大众读者，那会让你望而却步。"

这种方法在两位作家身上取得了成功，他们的第一部小说写得非常好。在其他一些写短篇小说的作家身上，它也取得了成功。

12 月 1 日，马丁·约克被判七年监禁。后来，每到圣诞节，我会给身处沃姆伍德·斯克拉比斯监狱①的他写信，但和许多写了信的其他人一样，我没有收到回信。

———————————
① 伦敦西部著名的监狱之一。

他消失在了黑暗里。他被判刑的第二天,报纸上全是他以前的一些熟人写的文章,这些人作证说他的世界很混乱,他有孩子般的魅力,他无所顾忌地饮酒消费,他有想成为世界大亨的野心和抱负。在写这些文章的作者中,我知道有一些欠了马丁很多债。这是赫克托·巴特勒特众多作品中的第一篇。他没有明说,只是暗示他自己是马丁·约克欺诈行为的受害者,但我知道这根本不是事实。

在 12 月初那些悲伤的日子里,我开始在脑海里比较命运指引我去的这两家出版社。在我于南肯辛顿的圣畔别墅入睡之前,我会躺着,至少用一个小时的时间看着眼前的黑暗,回想阿尔斯沃特出版社的喧闹声和疯狂、逃亡的气氛。簿记员凯茜,接线员兼打字员艾维,包装员及他那位带着愤怒和指责的目光来访的妻子梅布尔。一家即将倒闭的公司的瓦解和挣扎,还有坐在椅子上、需要陪伴的马丁·约克。公司业务出现了很大的问题,但和资金更庞大、更稳定的麦金托什-图利出版社的精英团队相比,这些人本身又哪里出了什么更大的问题呢? 我比任何时候都觉得,麦金托什-图利出版社的员工似乎是因为他们稍显古怪的特征,被谨慎挑选出来的;虽然这些人比迟暮的阿尔斯沃特出版社里那些收入不高的人更有资历,受过更好的教育,过着更便利和更有特权的生活,但阿尔斯沃特的员工确实更理智、更健康一些。他们有他们的奇怪之处,但他们被选中并不是因为这些,相反,他们的奇怪之处被忽视了。

就这么想着,一天晚上,我不知道为什么突然开了灯,下床,看着衣柜内侧长镜子里的自己。我站在那里,穿着宽松温暖的睡衣,很肥硕。我有什么问题?为什么我会被麦金托什-图利出版社选中?然后我第一次意识到原因:我太胖了。我想,我太重了,任何利用我的人都一定很变态。我很清楚,任何想要对公司表达抱怨或者反对意见的人,特别是愤愤不平的作家,都不会很强硬地对我表达出来。会显得很刻薄。会像攻击他们的母亲一样。最重要的是,看上去就会很卑劣。我就是麦金托什-图利出版社的其中一个托词。

从那天晚上起,我决定把吃喝的量减半。任何情况下,所有的东西我都只吃原来的一半。而且我决定不告诉任何人我的计划。如果被追问,我就只是说我已经饱了。我只吃一半,或者甚至可能吃四分之一,直到我达到了合理的体重和尺寸为止。于是第二天早上,我开始少吃、少喝。

我的这个行为,恰逢 1954 年 12 月初我感到悲伤的那些日子。没过几天,就在我即将离开办公室的时候,梅布尔打来了一个刺耳的电话,还是一贯的指责。帕特里克显然进了她打电话的房间,因为他用盖过梅布尔的声音在电话那头喊道:"别理她,霍金斯太太。没有冒犯您的意思。梅布尔不太好。"

我想他指的是她脑子不太好,但她显然不是。我说:"梅布尔必须得去看看精神病医生。"

"我明天要住院了,"梅布尔说道,安静多了,"还有,霍金斯太太,你一直对帕特里克很好。我只希望你不要闲下来就跟他上床。"

这个可怜的年轻女人第二天做了手术,但没有什么能挽救她迅速恶化的疾病,她一周内就去世了。我去医院看过她两次。她认出了我,但用了麻药,双眼呆滞,昏昏沉沉的。我去戈尔德斯格林参加了她的火化仪式,看着她的棺材被拉走,我后悔自己曾经把梅布尔想得很坏,还把她当作麻烦精一样对待,虽然她确实是。哦,梅布尔,回来吧;回来吧,梅布尔,再来找我麻烦吧。帕特里克从头到尾都在哭。他告诉我:"我知道她有精神问题。但她身体一直很好。这事来得真快,真快,霍金斯太太。"

七

让我非常高兴的是,1955 年 1 月,当我试穿自己的黑色蕾丝晚礼服时,我发现衣服两边需要各收紧足足一英寸,我是为了穿着它去赴一个高档的晚宴,直到我到了那里,才知道这晚宴有多高档。事实上,直到我到了那里,我才意识到这是自己第一次参加高档的伦敦晚宴。到那时为止,我已经出去吃过很多次晚餐,在朋友的私人住宅或者是餐厅里。但到目前为止,从来没有去过这样正式的一个场合。

一天早上,我的桌上放了一张请柬:"伊恩·图利先生和菲利帕·图利夫人恭候霍金斯太太的光临……"在下方的一个角落写着"黑领结"①这个词,我知道这意味

---

① Black tie 指的是需要穿晚礼服的正式社交场合。

着我必须穿一件晚礼服;但我只知道这么多。米莉颇有兴致地摸了一下这张请柬,我跟她解释说,黑领结是男人们要戴的。我回复说,霍金斯太太很高兴接受伊恩·图利先生和菲利帕·图利夫人的盛情邀请……然后我就到了旺达的房间里,让她把我的黑色蕾丝裙别上别针,收拢边缝,领口开低一些,希望它能缩小到我最新的尺寸,并且被重新改造,就像旺达所说,让它跟上时代。

旺达的房间还是像以前的车间一样。一堆要改的衣服,其中多了我的一条裙子。她经常帮我改裙子,但这是她第一次要帮我改小。

"我的风湿病太严重了,"旺达说,她跪在地上,拿着针,不停地把它们戳进我的裙子里,"我手头上的工作还没做完。"我告诉她这条蕾丝裙要得很急。

她很难移动。她说她正在治疗。

"你在接受什么治疗?"

旺达回避了这个问题;我觉得,也许是我太追根究底了。旺达只是说:"得花点时间……必须要有信心。"

但是我忍不住给她提了个建议。"风湿病的话,旺达,"我说,"有很多种表现。我希望你找了个好医生。但

115

是,不管你为治风湿病吃了什么药,相信我,每天吃一根香蕉很有用。"两年前,我自己也曾遭受风湿性疼痛的折磨,然后我听了在公共汽车上遇到的一个美国女黑人的建议,开始每天吃一根香蕉来治疗,之后我的腿就再也没有感到疼痛。我把这一切都告诉了旺达,在她裁剪我的领口的时候。(我没有告诉她,在过去的六周里,我每天只吃半根香蕉。)但旺达只是皱了皱眉,嘎吱嘎吱地站了起来……我注意到她的头突然抽动地转向窗户底下地板上的一个地方。旺达还是心神不宁;她之前所有的信心和平静都离她而去。现在,当我在她的要求下转过身去再钉几针的时候,我看到窗户底下的地板上有一个包着皮套子的黑色箱子,非常像伊恩·图利的射电电子学治疗箱。我认为,旺达,一个狂热的天主教徒,不太可能跟这个箱子有什么关系,我觉得这是其他用来装配件、一些缝制的衣物,或者是梳妆台的容器。

旺达说:"你怎么瘦了这么多,霍金斯太太?"

"顺其自然,"我说,"而且正是时候。"

我还在无意识地研究窗户底下的黑箱子;旺达拿着别针的手颤抖了一下。这不像她。

想着旺达的箱子可能真的是治疗箱,我说:"你在用这个箱子吗?"

"什么箱子?"旺达说。她变得很害怕。我以为她会像以前那样哭出来。

"我指的是运用人们所说的射电电子学的箱子。人们宣称可以治病,而且想来还可能做其他事情。"

"其他事情?"

"人们会想……但无论如何,我不相信它。"

"我不知道什么箱子。或许你还会再瘦一点,霍金斯太太?"

"哦,是的。"我说,"我希望减掉更多的体重。"说这句话的时候,我真的觉得非常饿,想着还要再吃几个月的半份食物。但我没有告诉旺达我的秘密,她也没有再告诉我她的秘密。

当我离开时,我相当轻蔑地瞥了一眼那个箱子,非常希望旺达能注意到它。在我看来,旺达现在似乎在害怕我,后悔曾对我半开心怀。

"你的裙子还要再试穿一次,霍金斯太太。我保证会很漂亮。再试一次,明晚吧。保重。"

她什么意思：保重？

当时我很容易生气。除了伊泽贝尔的爸爸，还有谁会在我准备去图利家族的晚宴时打电话给我？

"晚上好，霍金斯太太，我是休·莱德勒。"

"有事儿吗，莱德勒先生？"

"你听起来好像很着急。"

"对，很急。我要出去吃晚餐。"

"哦，不管是谁，他很幸运。上周日我在教堂看到你了，但是你没看到我。"

"对，我没有看到你。"

"你当时也很着急。而且在我看来，你当时看着很漂亮。"

的确，体重减轻了十磅，开始给我的骨架带来了转机。我很高兴听到休·莱德勒说的这番话，但我很清楚他打电话给我是为了什么——伊泽贝尔的问题。

"我现在真的很着急，莱德勒先生。我得穿好衣服，然后——"

"霍金斯太太，你明天能和我一起吃饭吗？"

"恐怕不能。"

"那，周五呢？"

"是想说伊泽贝尔的事情吗？"

"呃，"他说，"那只是其中之一。"

"我真的帮不了你，莱德勒先生。我给她找了一份化学出口公司的工作，但她不想要。出版行业的工作屈指可数。我已经告诉过你了。"

"是个人问题。伊泽贝尔有困难。"

我说："你为什么不让她自己解决问题呢？"

"哦，霍金斯太太。"

"我得走了。就现在。"

"撇开伊泽贝尔，我们就不能见面谈谈吗？还有，我希望你能叫我休。"

"我会给你回电话的。你的电话号码是多少，莱德勒先生？"

他给我报了一个号码，我慢慢地重复了一遍，想表现出我是在把它写下来，但我没有。

图利家族的房子在洛德北街上，是非常靠近国会大厦的那几排房子中的一排，有一个为来访人员所设的古旧门铃。事实上，它比米莉那栋维多利亚式的住宅更窄更小些。门是一个穿着普通棕色西装的男仆打开的，似乎是想告诉你，他的雇主们是与时俱进的。我被室内的魅力所吸引。我先前以为会有更大、更壮观的东西——有挑战的东西，但这里没有。但是，我没有时间留下更多的印象，因为一些人在我后面到了，当我脱下外套时，有人挥手示意我上楼，那里都是社交的噪声。伊恩·图利在会客厅的入口迎接我，把我介绍给了他的妻子菲利帕夫人和其他客人，还把我要的不甜的雪利酒放到了我的手里。

有两位来宾已经到场，我知道他们的名字，还在报纸上看过他们的照片：阿瑟·卡里爵士，商业大亨，他站得和人群有点距离，还有他那位活泼的妻子，她在房间的另一端，站在一群人中喋喋不休，仿佛众星捧月。

"霍金斯太太之前是阿尔斯沃特出版社的编辑，"伊恩·图利一边催促阿瑟爵士朝我走来，一边说，"现在她能跟我们一起，我们很幸运。"

"阿尔斯沃特出版社……"阿瑟爵士说着，咯咯地笑了一声，"唔，马丁·约克可是欺骗了我的。"他继续笑着。我想知道他被欺骗得有多么厉害，如果是一件可以这么轻松说出来的事情，为什么他会让马丁·约克入狱七年？

我们十四个人，在一个餐厅里坐下吃饭，墙是玫瑰粉色的，天花板是赤土色的。有一些花的油画，很好看但是不生动，还有一幅维多利亚时代早期一个男人的肖像，他长得既不像伊恩·图利，也不像菲利帕夫人，但他看起来确实像是谁的祖先。菲利帕夫人穿着一条黑色蕾丝裙，稍微有些过时，非常像我穿的那件。我感到很轻松，因为这证实了我穿着得体，我从她迅速扫视的目光中感觉到，菲利帕夫人发现自己和房间里的另一个女人穿得几乎一样，应该会觉得有点好笑。

我坐在两个人中间，一边是他们的一个表亲，是个叫奥布里的年轻人，他在苏富比拍卖行工作，另一边是一个脸色涨红，已经退役的准将①。蜡烛适时地闪烁，银制的餐具闪闪发光，周围继续在喋喋不休……我和奥布里在

---

① 陆军、海军陆战队或空军中军衔低于少将高于上校的军官。

谈到刚出版不久的《幸运儿吉姆》[①]这本书时取得了一些进展，但轮到准将时，我发现他一开始很难相处。他似乎顶着一张非常红的脸，用他那双水汪汪的小眼睛瞪着我。但他瞪眼显然只是一个习惯，或者可能是一种什么伤病，因为尽管他一直在瞪眼，但当我说了一句话，大概意思是他一定过着很有趣的生活时，他清醒过来跟我进行了一段对话。

"都能写本书了。"他说。

"那为什么不写呢？"

"集中不了精神。"

"要集中精神的话，"我说，"您缺只猫。或许您养猫了？"

"猫？没有。没有猫。有两条狗。已经够了。"

然后我就给他提了一些很好的建议，如果你非常想集中精神在一些问题上，特别是一些写作或者文字工作上，你应该养一只猫。我解释说，当猫和你一起待在你工作的房间里，猫总是会跳到你的办公桌上，在台灯下平稳

---

① 英国作家金斯利·艾米斯于 1954 年发表的长篇小说。

地安定下来。一盏灯发出的光,我解释说,会给一只猫极大的满足感。猫会安定下来,会很宁静,一种让人无法理解的宁静。猫的安静平和也会逐渐影响到你,它就坐在你的办公桌前,这样所有阻碍你集中精神的兴奋特质都会自己镇静下来,会把你头脑之前失去的自制力还给你。你不需要一直盯着猫看。它独自在那里就足够了。猫对你专注力的影响是显著的,十分不可思议。

准将一边吃东西,一边饶有兴趣地听着,他那双愤怒的眼睛在我和他的餐盘之间来回转动。然后他说:"很好。不错。我要出去捡只猫回来。"(我必须在这里告诉你,三年后,准将寄给我一本他的战争回忆录,由麦金托什-图利出版社出版。书的护封上有一张照片,他自己坐在办公桌前,台灯旁边还神秘地坐着一只身形巨大的流浪猫。他在上面写着:"致霍金斯太太,如果没有霍金斯太太的友好建议,这些回忆录就永远都写不出来——我还要感谢能认识臭脸猫。"这本书本身极其枯燥。但我给他的建议只是说猫有利于集中精神,而不是猫能为你写这本书。)

当我在用晚餐的时候和邻座的人交谈时,我意识到餐桌其他地方喋喋不休的声音和叉子叮叮当当的声音，我偷偷地瞥了一眼其他人吃东西的量。跟我只吃一半相比，他们似乎吃了很多。这些声音表达了对下面这些问题的看法：许多我不认识的人；比利·格雷厄姆；参议员麦卡西；纳赛尔上校；还有，《幸运儿吉姆》；治疗箱；以及"他们"，指的是他们政府、他们美国人、他们爱尔兰人，还有很多其他的"他们"，留下了一个非常小的"我们"的世界；此外，还有马丁·约克和他可怜的父亲遭受的打击。一个年轻的女人吃了第二份水果和泡沫奶油的美味调制品。她在桌子那边冲我笑了笑："我要吃，两人份。怀孕了。"菲利帕夫人笑了笑，急忙说："你希望什么时候结束你们的生命?"这个奇怪的问题一会儿就找到了它的逻辑，原来指的是这个女孩正在写的两个圣徒的生命；我也了解到——我的一半注意力留在邻座身上——虽然她只有二十八岁（和我一样大），但她已经有五个孩子了。我猜想她是一个罗马天主教徒，而且估算她吃的量增加到了我的四倍。要不是我一直在跟准将和那个在苏富比工作的年轻人交谈，我会劝告她，怀孕期间吃两人份是不可取的；我决定晚一些告诉她；但事实证明，吃完晚餐我就忘了,因为我太困惑了,混乱中想知道自己是不是做错了其他事情。

虽然我之前从来没有去过这样正式的、上流阶层的晚宴,但我觉得自己完全可以应付得来。事实上,我从来没有考虑过自己属于哪一个阶层:我假定是普通阶层,类似于 O 型血的那一群。我认为上流阶层的习惯与任何其他英国人的习惯没有太大的不同。确实,我在小说中读到过这样的古怪之处,比如"女士们把男人们留在饭桌上享用他们的波尔图葡萄酒",但我没有把这些做法跟现实生活联系到一起。我还是做个外国人比较好。现在,我要说的是,当我在麦金托什-图利出版社的时候,我了解了很多上流阶层的习惯。最后,我得出结论,还是属于普通阶层更好。因为上流阶级要是离开了普通阶层,就活不下去,会土崩瓦解,而后者可以自己过得很好。

晚餐快结束了,但喋喋不休的声音还在继续。在某个时刻,没有人说话,但也不是完全没有声音。菲利帕夫人非常热切地看着我,我根本不知道为什么。我以为她问了我一个问题,我怀疑地看了回去。突然,菲利帕夫人站了起来,好像有人说了什么触及她痛处的话;我以为她会当众大吵大闹。其他女人也站了起来。但我看不出男人们做错了什么，女人要这样把他们留下，像天鹅一样，傲慢、翩然地走出了房间。我本想建议她们镇静下来。男人们拖着脚站了起来，好奇地看着我，好像他们不敢相信我竟然也没有被冒犯到。虽然在我生命中那段挨饿的时期我很容易生气，但是我没觉得有什么被冒犯到的地方。有一说一，我不肯只是为了跟这些过于敏感的女人（很可能是故作正经）站在同一阵线而表现得很粗鲁。菲利帕夫人走过我的椅子旁边时低声说了一句："你要来吗?"但我觉得这些男人没有做错什么，不该受到如此对待。我是霍金斯太太。我继续坐着。

八

虽然我还需要进一步学习社交知识，但回顾过去，我现在可以说，我的直觉决断力并没有很幼稚。事实上，从那次晚宴起，我似乎感觉到图利家族对我有了更多的信心，而不是像大家所预料的那样更少了。就好像他们把我归入了可靠的保姆或者厨师那个类别,永远不会让他们失望。然而,我待在麦金托什-图利出版社的日子不多了;还有两个月。我很好地利用了那两个月。

编辑工作的很大一部分是拒绝。也许是十之八九。至少在那些日子里,不仅要拒绝手稿,还要拒绝似乎每天都会走进我办公室的那些想法,忧郁的男男女女用审慎的面部表情谈论着这些残缺不全的概念,比如乐观主义者/悲观主义者、法西斯主义者/共产主义者、性格外向者/性格内向者、文化修养很高的人/文化修养一般的人/没有文化修养的人;他们把这些无聊的蠢话用在艺术、文学和生活上,结果把所有的快乐、才华和好奇心的乐趣全都榨干了。

但随之而来的是艾玛·洛伊。她决定在麦金托什-图利出版社出版她的新小说,后者在会议室为她举办了一个欢迎鸡尾酒会。随艾玛而来的,还有她的自我中心、她的反复无常、她的魔力和她的魅力。如此优秀的一位作家,说她可能成为一名优秀的女演员似乎是毫无意义的,但这是她的仪态引发的一种想法。

她决定忘记曾经向马丁·约克抱怨过我,也简单地假定我同样决定忘记。

现在，对任何一个人而言，如果认识像艾玛这样有魅力、有才华、有天赋，还有一些智慧和理解力，但是应该会跟自己发生争吵的人，我的建议就是利用任何一个能弥补关系的机会。因为生活中这样的人寥寥无几。

事实上，艾玛·洛伊在聚会上一看到我时说的话让我真的很高兴："霍金斯太太，霍金斯太太，你都不知道看到你在这里我有多放心。我不认识别的人。我希望你能照顾好我的书。"

"你的书自己就能照顾好自己。"我说。

是真的。人们对于艾玛·洛伊的看法各不相同，但没有人能否认她是一位了不起的作家。伊恩·图利让我看了她新小说的打字稿。在我一直跟那些蠢话打交道之后，艾玛的作品绝对是一种解脱，完全是一种乐趣，那种像创作乐曲一样创作一本书的方式，那种挖掘事实并将其与虚构并置的洛伊式风格。

当我勉强喝完了一杯雪利酒时，我向艾玛·洛伊表达了自己的钦佩之情，而她已经在小口地喝第二杯了。她流露出喜悦。那时我很高兴，我和艾玛·洛伊的争吵结束了，被遗忘了。我是否能信任她并不是重点；事实上，我认为她在超过一定界限时，就不相信友谊和忠诚了，而且也许她是对的；它们是理想的标准，可能会对也许更重要的目的施加太多压力。我看不出保护赫克托·巴特勒特的名声有多了不起的目的，而且艾玛一定知道他就是我所称的那种尿稿人。但他受到了她的提携；我猜测他们是由性关系联系在一起；直到很久以后她才告诉我——只是碰巧——他对她有什么用。他帮助她调研，还给她带来了她需要的书。有用，只是……但这种解释是艾玛·洛伊洗刷自己愚蠢的方式。我认为她在情感上很马虎，她太专心于自己的文学活动，无法开始一段新的情爱关系或者坠入爱河。她对赫克托·巴特勒特有一种病态的依赖，即使她知道他是个祸害。多年以后，他试图给她造成很大的伤害。

但是现在，赫克托·巴特勒特不可避免地出现在了酒会上，看到他出现在人群中，我只是惊叹艾玛能忍受那个尿稿人一直紧跟在她后面。而且我觉得不止我一个人这么想。他在人群中挖开了一个洞，因为他想与之交谈的人都尽可能礼貌地远离他；艾玛觉察到了这一点，就和

129

他一起去了;于是,打开的裂缝又慢慢合上了。赫克托·巴特勒特不想与之交谈的人便小心翼翼地在边缘徘徊:是像我这样的人,包括其他出版社的编辑和雇员、文稿代理人,还有名声不大的作家。

伊恩·图利彬彬有礼地进行着他的一贯谈话,到处解释火星是怎么进入了双鱼座(抑或可能是金星或者水星已经移动到了天蝎座),而且结果就是,国家的各种问题可能都会得到解决。酒会的潮起潮落很快又把艾玛带到了我的身边。我记得她和伊恩·图利就他神秘的信仰发生了争执。她在谈话时忽略了所有鸡尾酒会的惯例,这是艾玛·洛伊的典型特征,也是她一部分吸引力所在。她喜欢讨论普遍的话题。在这个场合我听到她对伊恩·图利说的话,或者他对她说的话,大部分都变成了一个模糊的闪回场景;只有一段是清晰的。伊恩·图利说她是一个怀疑论者:"你连上帝都不信吗?"

"有些日子信,有些日子不信。"艾玛·洛伊说,"但我知道一件事——事实上,我想这很明显——那就是上帝信我。"

那就是艾玛·洛伊,毫无疑问,现在也是这样。那时我站在伊恩·图利身边,我给她提了个建议,如果我是她,信仰来来去去,有些日子有,有些日子没有,在那些有的日子里我会过得非常开心,在那些没有的日子里我会非常后悔。

"霍金斯太太,"这位著名的女士说,"如果我接受了你的建议,我会成为一名编辑吗?"

"我不能保证。"我说。

"好吧,建议不错。但我不会后悔的。"

伊恩·图利说,对射电电子学的研究能让我们不被善恶缠身。

亚历克·图利爵士几乎从不出现。他是如何到办公室的,或者他是如何离开的,是一个谜;一定有专属于他的某个后门。

大约在2月底,他用内部电话打给我,疲惫地说请我在方便的时候去他的办公室。我马上就去了,握住了他无力伸向我的手,而他一旦碰到,就立刻漫不经心地收回了自己的手。

"霍金斯太太,我们知道你是一个非常可靠的女人,所以经过长时间的慎重考虑，我们决定把一本文学批评托付给你，我们决定出版，但还需要投入大量努力，小心翼翼地处理，大量地编辑，我们相信只有你才能做到。"

我的注意力被"非常可靠的女人"这个词给拦截了，这跟那个做杂活的特温尼先生在米莉面前谈到我时说的话几乎一样。实际上他说的是，"霍金斯太太是个非常可靠的女人"。他们非常有力地进行友好的交谈，花了很大力气盖过背景中无线电收音机的震颤声。

亚历克爵士的话语和随后的赞美之词就像一只遇险的鸟发出的啼叫声，从一个黑暗湖泊的另一边远远传来。我有一种感觉，他在给我一些令人憎恶的东西，比如不含咖啡因的咖啡，或者性交中断；在那一刻，我绝不想成为一个非常可靠的女人。

"这个手稿，"他说，"需要有人帮助它成形。"

"你是说要改写吗？"我说。

"唔，当然，也是要的。但还有事实有待查证，等等。语法、句法等。日期。"

我的直觉告诉我，在那个时候，在那个地方，他在谈论的，是那个尿稿人写的书，艾玛·洛伊逼迫他们出版，以抵消她的一部分价格。

"这本书，"亚历克爵士说，"名字叫《永恒的追求：浪漫-人道主义者立场的研究》。有点深奥。是对《天路历程》①《威廉·迈斯特》②和《培尔·金特》③的比较研究，或者至少，是这么声称的。我对这个题材所知甚少。"

"我知道的更少，"我说，"远远超出我的理解范围了。作者是谁？"

"一个叫赫克托·巴特勒特的。我们的洛伊小姐极力推荐他。"

我说："哦，别跟他有牵扯。他是个尿稿人。他没有明确的想法。他一开始就会把所有的事实都彻底弄错，然后把它们串在一起，形成一个瞎编的理论。"

"是啊，是啊。但你给他的法语称呼是什么来着？"

不过我考虑了一下亚历克爵士的健康和幸福，觉得他不能承受完全清楚的解释。我冷静了下来。我说我会看一看手稿。我说，毕竟，圣托马斯·阿奎纳④的建议是

---

① 英国作家约翰·班扬创作的长篇小说。
② 德国约翰·沃尔夫冈·冯·歌德创作的小说。
③ 挪威著名文学家易卜生创作的一部中庸、利己主义者的讽刺戏剧。
④ 圣托马斯·阿奎纳，中世纪经院哲学的哲学家、神学家。

对一个人的判断要看他说的话，而不是看是谁说的。"那就别管作者了。我就看看书吧。"

"我们已经承诺要出版了。当然只是一小本。它会影响相当多……"

我把书拿走了；我从他手里拿走了它，我渴望摆脱它，抓在手里，我突然觉得应该戴上橡胶手套。

我虚度了一个星期，这本书彻底让我神经紧张。我把它带回家看，希望能集中精力看那些晦涩难懂的书稿。

"也许超出我的理解范围了。"我对米莉说。

"不要害怕。"米莉说，"如果你看不懂，霍金斯太太，它就不可能是一本基督徒看的书。"（米莉说的基督徒其实就是指人。她会说猫"像基督徒一样"看着她。）

我正在忍受着挨饿和节食的痛苦。我对这本书的怨恨里有某种我无法把握的东西。毕竟，我可以冷漠地对待它，就像我冷漠对待我经手的所有其他糟糕手稿。但这本《永恒的追求》是一个人身威胁。是艾玛·洛伊想要它能成形出版。她知道我不是傻瓜。不过，与其编辑这本书，还不如找个地毯吸尘器去清理丛林。

我把它拿给了威廉·托德，我们的那位医学生，他一向很友好，最近几周，对我甚至更加友好。他是个聪慧的家伙，习惯于学习研究思想。他看了两章——第一章和最后一章——之后，把它拿回了我的房间。"一堆废话。"他说，"全是骗人的。每一页上都是尼采、亚里士多德、歌德、易卜生、弗洛伊德、荣格、赫胥黎、克尔凯郭尔，但完全没弄懂任何一个人。把它送回去吧。"

我们一边喝酒一边谈论这本书。

那周剩下的几天里，我在练习要说什么才能摆脱这份工作。我在脑海中练习了要说的话，还在米莉身上实践了一下。"我要说的是，"我跟她说，"尽管艾玛·洛伊大力支持这个作品，但是我自己觉得——"

"别提那个女人的名字。"米莉说，"你知道的，她很危险。"

在这周结束之前，伊恩·图利来到我的办公室，一脸凝重。起初我想他是来讨论那个尿稿人的书的事情。

"你好吗，霍金斯太太？"

"所有都完全超出我的理解范围了。"我说，"我不可能应付得来。"

"连续下了四天的雨。我很有同感。"他说，"但是除了天气,霍金斯太太,我还有件事要谈。事实上,是一件相当愉快的事。"

"一点都不愉快。"我要开始说准备好的话了。

"思想的进行曲。"他说道,在我的作家们通常坐的椅子上坐定。

事实上,他来是给我提供一份助理编辑的工作,是他正在创立的一个新的季刊,叫《幻影》。这个季刊将发表关于超自然现象、超感官知觉的一些文章、诗歌和故事。

那些年,人们对超自然现象的兴趣高涨,这可能是由于那些无法预料的事件让人们过去十年的生活晦暗无光。

"是的,"我说,"那会很愉快。"

他提出给我加薪,这也很愉快。

在他离开之前,他说:"你还好吗,霍金斯太太?"

"我很好,谢谢你,图利先生。你呢?"

"哦,我很好。只是你看起来有点不一样,恕我直言。"

"是的,我在减肥。"

"哦,天哪。你会变得很苗条吗?"

"不，我只希望正常就好。"

"哦，亲爱的。一定可以的，你可以试试那个箱子。"

那是周四。周五早上，我把赫克托·巴特勒特的手稿寄给了亚历克爵士，并附上了一张便笺，我斟酌了一下用词："我仔细思考后认为它不可能有改进的空间。"

当内部电话嗡嗡地响起时，我正在浏览伊恩·图利给我的《幻影》的一些说明。正午了。

主之天神报玛利亚……

"我是霍金斯太太。"我说。

是亚历克爵士。乃因圣神受孕。

"霍金斯太太，如果你今天下午两点半有空，能来我的办公室见我吗？我会很感激的。"

万福玛利亚……道成肉身。

"噢，当然可以，亚历克爵士。"

我去附近的一家酒吧吃了午餐——吃了半个美味的火腿三明治，喝了半杯淡淡的咖啡和半杯波尔图葡萄酒。这家酒吧很受记者、在麦金托什-图利出版社工作的人，还有科芬园附近的出版商的欢迎。我去得早，可以找个位子坐下，但在我之后进来的其他人就得站着了。这个地方很快就挤满了人,充斥着噪声,满是啤酒、香烟和人的气味。随着越来越多的人走进来,门开开关关。一个男人牵了条西班牙猎犬。他松开了绳子,它慢慢地在每个人的腿周围绕着走,看看它能从友好的顾客那里得到什么,少量的三明治或者是香肠卷。我的眼睛注视着那条狗,因为如果它走到我这里来的话,我打算把剩下的一半三明治给它。现在在酒吧里,它正嗅着一个男人懒洋洋地从左手上挂下来的一个香肠卷,而他的右手正拿着一杯啤酒。相当滑稽的是,这条狗自己上嘴咬了一口这个悬空的香肠卷。那人转过身来,骂了这条狗。我现在看到那个人是谁了:赫克托·巴特勒特。他立刻从柜台上的罐子里拿了一大块芥末,涂抹在剩下的香肠卷上,然后把它给了那条贪吃的狗,整个过程非常快。

"哦,别!"少数几个看到这种情况的人——包括我——喊道。太晚了,狗的主人也刚好目睹这个下流的行为,可怜的动物向他跑去,一边嗷嗷惨叫,一边左右甩头。我让酒保用一个很深很干净的玻璃烟灰缸装些水给我。幸运的是,很快这条狗就吐在了地板上,突然来了一群人拿着木屑把地板清理干净,还有一群人在狗的周围大惊小怪。狗主人,一个很瘦的年轻男人,走到块头很大的赫克托·巴特勒特面前说:"我说,老兄,你可真是烂透了。"我觉得这个反应已经非常克制了。

但是那位尿稿人——刚拿到第二个香肠卷——只是漫不经心地说:"它偷吃了前一半,所以我想不如让它把另一半也吃了。"狗主人厌恶地转过身,把绳子固定在狗的项圈上,走了出去。酒吧里有一种放松的感觉,因为每个人都以为他们会打一架。

这个尿稿人下巴叠进了他羊皮大衣的领子里,婴儿般的嘴吮食着一个新鲜的香肠卷,懒洋洋地靠在柜台上,眼睛盯着人群,背对着酒保。他经常在午餐时间和刚下班的时间出现在附近一带的酒吧里,希望能吸引一些对他有用的编辑或者记者的目光。他看到了我的目光。

"霍金斯太太,真高兴啊。"他说道,还是背对着酒保,只是转过头又点了一瓶啤酒,"霍金斯太太,我知道你是我的新编辑。"

我没有回答。我起身离开了。在去办公室的路上,我突然想到,我再也受不了出版界了。然后我突然想到,这不公平;酒吧不是出版界,赫克托·巴特勒特也没有代表出版界。但是,当我两点半准时走进亚历克·图利爵士的办公室时,我脑海中残留着对出版界的不安,对作家、代理人、书籍、打印工、装订工、评论家和编辑的厌倦。他吃午餐还没回来。我坐下来思考。我厌烦了整个出版界,渴望能够像以前一样走进一家书店,选择一本书,不想知道它背后所有的制作过程。除了厌倦,我还很饿,但我引以为傲。

亚历克爵士三点零五分的时候到了,笑容满面,前面是他迎进来的艾玛·洛伊。我从来没有见他这么兴高采烈过。

"我们让你久等了,霍金斯太太。我们让你久等了吗?"

他忙着去拿艾玛的外套,然后把她安顿在椅子上。他们显然是刚在像常春藤、鲁尔斯,或者是里兹①这样豪华的地方吃完午餐,享用着我只能在想象中见到的所有醇厚的葡萄酒和稀有的食物。节食的后果之一就是一想到其他人的饮食,特别是数量,就感到一种清教徒式的沮

---

① 科芬园附近的高级餐厅。

丧。三道特级的菜,当我面带微笑地问候艾玛·洛伊时,我在胡思乱想:莱茵河的白葡萄酒,熏鲑鱼,然后是搭着几片蔬菜的羊排或者经过火烧①的食物,下面是——

这些细节我开始想象不到了,但无论如何,因为安·克拉夫的到来,我不再关注这两个人和他们的午餐,她那疯狂的父亲被绞死了,这是我们民族良知的可怕耻辱,但她十分友善,是公司的一个重要董事。科林·舒尔跟在她身后,一进来就对那位名人说:"艾玛,你看上去真迷人。"这个名人穿着定制的灰色衣服,靠坐在扶手椅上,享受着饭后的如痴如醉。"我们来晚了吗?"科林问。显然,这是一个会议,约定的时间是三点钟。我想——有点偏执——要求我两点半来在这里等着,是为了挫挫我的锐气;但也许他们只是忘记告诉我改了时间。不管科林·舒尔是因为什么被吊销了行医执照,反正不是因为对待病人的态度不到位。他过分关心艾玛,为她即将出版的小说骄傲又公正地大喊大叫;那一刻他完全忘记了最好的作家是已故的作家。亚历克爵士现在用内部电话叫了

---

① 浇上白兰地等酒后点燃上桌。

谁,接到电话的阿比盖尔·德·莫德尔·斯坦斯-奈特进来了,被介绍给艾玛·洛伊认识。

"我没记全你的名字。"邪恶的艾玛说。对此,阿比盖尔温柔地回答:"叫阿比盖尔就可以。"阿比盖尔拿出一个速记本。她轻轻地坐在我们围成的圈外围的一把椅子边上,笔已经准备好了。

"这是一个非常愉快的场合,"亚历克爵士说,"我都不确定要不要在这里进行大量的讨论。这个问题是关于我们的作家赫克托·巴特勒特写的这本书,名字叫《追求永恒》——"

"我想名字叫《永恒的追求》。"安·克拉夫说道,微笑地看着艾玛·洛伊。

"《永恒的追求》。有几个小问题,也不会耽搁我们太久。霍金斯太太,你已经承诺要处理这本书,我收到了你的便签,说它不可能有改进的空间。"

"非常高的评价。"科林·舒尔说道,带着一份活四个月就是一辈子的乐观。

阿比盖尔用笔在她的本子上乱涂乱画了几行。

"霍金斯太太不想碰这本书,"艾玛·洛伊说,"你知道的,霍金斯太太,你对赫克托有严重的偏见。"

"我们还是回到这本书上吧。"安用一位耐心教师的语气说,"我们不是来讨论个性的。这本书才是问题所在。"

我直接对艾玛·洛伊说:"没有人能改写这本书。没有人能编辑。它可糟糕透了。"

"我想帮他做成这件事。"她说,"你为什么对他这么不满?"

"他是个尿稿人。"我说。我控制不住地说了出来。就这么脱口而出了。

"哦,天哪!"艾玛说,"你给起的那个外号,都传遍了,它在破坏赫克托的职业生涯。我不是说他是个天才,但——"

"你刚才说的是什么,霍金斯太太?"亚历克爵士说。科林·舒尔抬头看向天花板。

"尿稿人。就是说他尿出了雇佣文人写的报章杂志,就是说他拉出了恶心的散文。"

"也许我们最好——"安说。

"说实话,"艾玛说,"我想帮赫克托,但不知道怎么帮。"她的意思是——我当时是这么怀疑的——她想让他离开自己的生活,这次试图出版他的书是一个告别礼物。

"我相信霍金斯太太不是那个意思——"科林·舒尔说。

"我相信像洛伊小姐这样的杰出作家,"亚历克爵士说,"是不会推荐一本没有价值的书的,要我说的话,霍金斯太太,你措辞不太——"

"应该是没有亲自看过这本书吧——"安说。

阿比盖尔继续潦草地涂画,坐在椅子边上,跷着二郎腿,腿很瘦,而且看上去很凉快。

"我希望你能了解一下赫克托,霍金斯太太,"艾玛说,"他有很多优点。"

这几乎已经成了艾玛和我之间的私人争论。她说赫克托·巴特勒特在他写作时碰到了很多麻烦。我告诉她,确实是麻烦。"我们想的一样。"她说,"但是稍微修改一下这本书就好。亲爱的,不然你在这里干什么?"然后我讲述了刚才在酒吧里看到的事情。"在香肠卷上搅了一大堆芥末,"我说,"可怜那条狗了。"

"赫克托还有另一面。"艾玛说,"毕竟,历史上有多少作家和艺术家都是讨厌透顶呢？这和他的作品无关。我说了，你有偏见。"

"如果你想听我的建议，"我对亚历克爵士——他餐后的高涨情绪已经被我彻底毁了——说，"你就把这本书送回写它的人那儿去，就像店主处理任何有缺陷的物品一样，比如坏掉的照相机，或者一罐坏了的豆子。把它送回去。"

可怜的安·克拉夫说："我们得公正——"

"还有，"艾玛说，"霍金斯太太，你对作者的描述很下流。"她转向亚历克："你必须得承认——"

"洛伊女士的名字就足以担保——"科林·舒尔说。

"我想我们得把这本书交给我们的其他编辑。"亚历克爵士说，"真的很遗憾，霍金斯太太，但我们不能忍受这样的事。还刚好在我们指望你协助《幻影》的时候。《幻影》，"他转向艾玛，"是我们的一个新方案，每季度对超自然现象进行一次回顾。"

他们没有出版那个尿稿人的书。他们出版了《幻影》——没有我的协助——而且它辉煌了近二十年。

"真遗憾，你得叫他那个名字。"那天晚上当我给她重演白天发生的事情时，米莉说。

"我控制不住。有时候这些话就脱口而出了，我阻止不了。感觉就像在传福音。"

"那你做得很对，霍金斯太太。你大声地说了出来，做得很对。"

第二天科林·舒尔给我拿来了一个月的工资。他说我可以挑喜欢的时候离开，"我们感到很遗憾，霍金斯太太"。

我签收了这笔钱，说我差不多马上就会离开，只要我把该做的一些小事都处理干净。我补了一句："别忘了，赫克托·巴特勒特是个尿稿人。"

"我不会忘的，霍金斯太太。我们都不会忘的。不知道我能不能这么说，你这些天看上去非常漂亮。"

我跟我的同事们道了别；我从安·克拉夫的道别中感觉到了一种嫉妒，好像我摆脱了她无法摆脱的什么事情。我去跟阿比盖尔道别。在离开她的办公室之前——当时我还在聊天——我看到她办公桌上放着一张打印好的名单，上面大概有十个名字。我边说话边看着它们，没有真的打算看清楚。其中一个是旺达·波多拉克。

九

1955 年寒冷的 3 月是我一生中过得最奇特的时光。米莉·桑德斯一整个月都在爱尔兰,她的女儿生病了。我夜里经常清醒地躺很久,用外面的耳朵聆听着寂静,用心里的耳朵倾听涌进来的声音。

有马丁·约克的声音——"信誉,霍金斯太太,信誉就是一切。我正试着为出版社恢复信誉"。还有艾维,阿尔斯沃特出版社的打字员的声音,她说话发音有些问题——"约克先生待(在)开会。应该杜(不)可能……"然后传来帕特里克的妻子梅布尔又尖锐又简短的话,就像石头一样丢向了我——"你,霍金斯太太。你,霍金斯太太。你和我丈夫上床,你在床上和他做爱。你,为了自己高兴,霍金斯太太……"而现在梅布尔死了,突然躺在了坟墓里。当她心情突然好起来的时候,她的声音很柔和:"霍金斯太太,你对我们太好了。你一直对帕特里克很好。"

米莉说过："你应该再结一次婚，霍金斯太太。你是个年轻的女人。二十八，二十九，还太年轻，别安心一直当个寡妇活下去。"我跟她说了一部分自己短暂的战时婚姻。"那几乎不算是婚姻。"她说。平心而论确实如此。

那年3月，在我被赶出麦金托什-图利出版社之后，我没有想着要再找一份工作。米莉不在，我整天花很长的时间坐在公交车的上层，游遍伦敦各地，去到最远的郊区，坐到终点站。斯坦莫尔，艾奇韦尔，布希，青福德，罗姆福德，哈罗，旺斯特德，达格南，巴金。虽然战争已经过去了十几年，但还有少数的几条街道原封不动。维多利亚时代的房屋、商店、教堂被炸弹造成的大面积缺口隔开。碎石已经被清除，但不知名的杂草和野生的药草在被战争摧毁的房屋上不断生长。天还亮的时候，我乘车经过码头和铁路侧线，酒吧一片漆黑，还没有开门，到了天黑我又该回家了。那些日子里，伦敦仍然被煤烟熏得黢黑。温布利，哈克尼，伊斯灵顿，绍索尔，阿克顿，伊灵。有时我会在伦敦四处逛逛，很快这座城市就会重建起动人、富裕的高楼大厦。有时我会去里士满，去格林威治，去达利奇、汉普顿和裘园,不下雨的日子里我会去开阔偏僻的公园里散步,偶尔会被穿着雨衣的男人挑逗,我把他们全都吓跑了。瑟比顿,尤厄尔,克罗伊登,一直到奥平顿。就这样,我日复一日地坐在公交车的上层,盯着窗外,小心翼翼地留意同行的乘客,大多衣着破旧,而且如果同行者不是孤身一人,我会分出一半注意力听听他们的谈话,主要都是关于他们的家人和朋友、购物和工作;而在所有这些漫长的乘车过程中,我从来没有听到过一段有关普遍话题的谈话。

有时我觉得有几张脸赫然出现在自己面前。售票员,上下车时经过我身边的乘客,在下层没找到座位的吵闹的学生和结实的母亲。我觉得自己就像《维莱特》①里的露西·斯诺,她在一个夏夜独自行走在布鲁塞尔,在节日的人群中;在这个场合下欢闹的人们,他们的脸不断涌现在她身边,由于吸食鸦片造成的幻觉,这些脸变得更加怪异。

在清醒的伦敦,没有这样狂热的庆典,但是在我周围

---

① 19 世纪英国著名女作家夏洛蒂·勃朗特的一部半自传体小说。

的伦敦声音中,在人们冷淡、苍白的脸上,在人们拉长、阴沉的脸上,在人们描画过的漂亮脸蛋上,我体会到了一种抽搐和歇斯底里后的窒息感。巴尼特,劳顿,亨登,诺霍特,威尔斯登,坎伯韦尔,普拉姆斯特德,金斯顿,布罗姆利。我在喧闹的酒吧里吃午餐,剩一半在盘子里,这让许多女招待震惊不已,她们的眼神在我看来似乎太狂热了,嘴唇红得不真实。我在茶馆里喝茶,吃半个小面包,那里没有女服务员关心我没有吃的东西。我不禁想着我的饮食和药物的效果一样,但是我暂时放下了这个想法。我在想,作为霍金斯太太,我的生活是什么样的,不过没有得出任何结论。"晚上好,霍金斯太太。"我们隔壁邻居的新妻子对我说,我在圣畔别墅转身进家门,她也一样。

1944 年我十八岁,嫁给了汤姆·霍金斯。我在 7 月遇见了他,在 8 月 28 日嫁给了他,为此他从军队得到了特休假。汤姆是一名伞兵,是空降部队的一名中士。我刚离校不久,加入了土地服务队①。我第一次见到汤姆

---

① "二战"期间,英国年轻男子奔赴前线作战,而一群英国年轻女子组成"妇女土地工作服务队",在农地工作,为前线补给粮食资源。

时,是一个农场女工。他回家休假,正好在我劳作的地方。我那时是个块头很大、很健壮的女孩,但不像近些年那么胖。汤姆是个高个子男孩,长着一张瘦长的脸,肤色非常黑;他是众多很黑的英国人之一,会让你很疑惑,这黑肤色是从哪儿来的——罗马人? 西班牙无敌舰队失事的水手? 也许是法国雇佣军生还者中逃过来的诺曼人? 他二十四岁了,战争爆发前,一直在一所农学院上学。

汤姆的父亲在赫特福德郡①有一些土地。战争结束后,汤姆会成为一名农民,我会成为一名农民的妻子。我想知道如果汤姆活着,我会变成什么样的农民妻子。我之所以选择加入土地服务队,一是因为我又大又壮,二是因为在我上了几年学之后,风雨无阻地待在户外在我想来是一种自由,否则我就会被分配到办公室工作,在战争年代,所有四十五岁以下的人都会被全面招收。但我有爱读书的一面,汤姆活着的时候并没有看到。

我是在一次舞会上遇见了汤姆·霍金斯,之后我们又遇到了。后来,当他回到部队,我们就给对方写信,起

---

① 英国英格兰东南部的一个郡。

初每周写一次，然后每周写两次，再然后每天都写。只要他能打电话，他就会打给我。我不知道他驻扎在哪里；这在当时是机密，就像其他受人关注的事情一样；他的信的地址必须写上编号、部队，还有其他一些冗长的后缀，最后是"英国皇家军队"。汤姆周末又休了一次，向我求婚。我考虑了两个星期，但这两个星期的间隔只是一种礼节。因为在这个阶段，我完全陷入了爱河，就像汤姆深爱着我一样。我的父母、汤姆的父亲和妹妹，以及和我一起加入土地服务队的两个同学，8月28日那天参加了我的婚礼。我穿着学校音乐会的连衣裙，又长又白，非常适合，而且还省下了布票。汤姆穿着他的军装。我们在伦敦待了四天，在一栋借来的公寓里。我们本来打算去电影院，但还是没有去。打扰我们的只有几枚燃烧弹和 V1 导弹①，这些都有空袭警报。没有警报的 V2 导弹还没有开始投放。我们去了汉普顿宫和裘园。我们几乎每天都去海德公园，绕着蛇形湖散步，然后去肯辛顿花园，再去可胜街的甘特尔斯边喝茶边吃巧克力蛋糕，价格非常高，每

---

① V1 导弹和下文的 V2 导弹是德国在第二次世界大战末研制的飞航式导弹。

人两先令六便士，还要加上小费。

在那之后，我又变回了一个农场女工，一直留意着寄给霍金斯太太的信。我知道汤姆很快就要在西线战场投入战斗了，德军在那里负隅顽抗。为了磨炼自己，做好最坏的打算，在我们结婚后的几个星期里，我经常偷偷地排演从作战部①发来一封电报，通知我，我丈夫在战斗中丧生了。我们队里的人事主管会说："有一封你的电报，霍金斯太太。"然后就是那个消息。"你有什么需要的吗？你不要躺下休息会儿吗？你必须要勇敢些，霍金斯太太。你不是唯一一个……"

9 月 11 日，星期一晚上，汤姆意外地出现了。他打算第二天回去。我们在当地酒吧开了个小房间。汤姆没有这么说，但我猜他**擅离职守**了，就是我们所说的**"未经许可擅自离队"**。我们是霍金斯夫妇。我推测他很快就要投入战斗了。我想，他真是个笨蛋，竟会加入伞兵的队伍。

吃完晚饭后，他留在楼下，我上楼去睡觉；他说了，他

---

① 英国政府以前负责军队的一个部门，1964 年并入国防部。

153

觉得自己需要喝一杯。他已经喝了三杯双份的威士忌。那天晚上酒吧碰巧有威士忌。这是一批特别托运的货物。当时威士忌很稀缺。到了九点,我躺在床上,一边看书一边等着汤姆。楼下公共酒吧的噪声相当大,到了酒吧关门的时间,我已经睡着了,但汤姆冲进房间把我吵醒了,他喝醉了,特别激动。

现在,我要给所有准备结婚的人一个建议,就是他们应该先看看另一半醉酒的样子。尤其是男人。喝酒会让人变得成熟,会让人变得甜蜜。喝太多会让人变傻。或者会让他们变得野蛮:汤姆就是这样。我以前没见过他喝醉。他打碎了房间里的一切,从脸盆架上的瓷水壶和盆开始,最后是墙上挂的镜子。我站起来试图阻止他,这时他把床垫从床上举起来,试图把它推到窗外。造成的结果就是他把我从房间这边猛推到那边,之后床垫就从窗户掉了出去。而且他一直骂骂咧咧大喊大叫,老板和他的妻子,先是站在门口,然后叫他们的儿子把警察请过来。

警察来之前,汤姆匆忙离去,逃回他的营地,甚至没有看我一眼;我不知道他是怎么得到交通工具的;也许他搭了个便车。我帮着把房间里的东西整理好,老板的妻子喘着粗气,啧啧地表示不满;我结清了损失赔偿的账单,回到了自己的营舍,在我们队宿营的一座又大又旧的房子里。警察在这样的情况下很和气。

我想知道我的婚姻会不会持久。我想,即便是我经验不足,这也不可能是汤姆·霍金斯的正常行为。一定是战争造成的神经紧张,或者之类的东西。但后来,我想,汤姆是千万人中的一个,他不是唯一。现在想来,如果从一开始我就表现出自己性格中强势的一面,汤姆就不会这样爆发了。我的额头上有一块很大的瘀伤,当时撞到了墙,手臂上也有一些瘀伤。我脖子上有一道划伤。我要给所有开始婚姻的女性一个建议,不要像你想的那样继续,要比你想的更糟糕、更艰苦地继续。然后你就可以慢慢地放松,你会惊喜地感到愉快。我没有向汤姆表现出自己的强势,也许其中也包括我爱读书这一点;在那些短暂的日子里,我一直是完美的妻子,温顺,怀揣爱意,而汤姆,根本不了解我。

我有十一天没有收到汤姆的信了。但事实上,六天后,他就死在了荷兰的阿纳姆,同盟国的空降部队在那里

155

降落并被包围。我都不知道汤姆是降落时在空中丧生的,还是设法到达地面后在战斗中丧生的。汤姆写的信十一天后到了,就在电报送达的第二天。德军在向红十字会移交汤姆的身份证明时耽搁了。

我们正在大礼堂里听关于养牛的课。我被叫了出去。"听着,亲爱的,有一封你的电报……"第二天,在普通邮件里,我收到了汤姆的信,一封简短的信,写于他离开英国之前。他根本没有提到自己突然爆发的野蛮行为。他还记得吗?还是他以为,也许这件事不重要,只是婚后生活中的一件小事?我永远也不会知道了。他的信没有任何提示。是一封情书。

十

一天下午,我坐公交车正好经过诺丁山门那家印刷厂,阿尔斯沃特出版社停业之后,簿记员凯茜去那里上班了。我决定顺便拜访一下凯茜。威尔斯先生让我坐在嘈杂的外部车间里的一把椅子上,而他去通知凯茜。"我不想打断……"我说。

"没有打断，夫人。你不就是推荐凯茜的那位女士吗？我好像记得……"

"没错，我陪她一起来面试的。"

"你一定是阿尔斯沃特出版社的霍金斯太太。"

"已经没有阿尔斯沃特出版社了。"我说。

"是啊，真是件让人难过的事。我得说一句，霍金斯太太，你看起来气色真好。"

"谢谢你，威尔斯先生。我希望你一切都好。"

"一切都好。我还得说一句，霍金斯太太，请原谅我这么说，你比我上次见到你时看起来年轻了十岁。"

我当时二十九岁。这意味着我第一次看起来肯定老了十岁。

威尔斯先生头发灰白，戴着眼镜，脸上满是皱纹，鼻子很长，总体来看，他的外表很像狄更斯笔下的人物。不过，他的话让我高兴得不得了，我意识到在此之前我是多么沮丧，坐在公交车的上层游览伦敦千篇一律的街道和破败的郊区，有一个月之久。

"谢谢你，威尔斯先生。"

凯茜来了，满脸都是感激的微笑，但我其实不需要。在一片喧闹中，凯茜咯咯地笑着，对我的来访感到很高兴；在她特厚的镜片后面，她的眼睛一直盯着我。在噪声中是不可能好好谈话的，不过已经快到下班时间了，所以我等她收拾好，然后带她去贝斯沃特路一家新开的法国餐厅吃晚餐。我们被引到了一个不起眼的角落，远离那些更有魅力的顾客。我对此一点也不感到气愤，而凯茜因为我们的见面而激动，没有注意到。事实上，当凯茜用可怕的声音和往往难以理解的英语喋喋不休时，我脑子里都是自己的一些想法，这个愿望整个3月都一直占据着我——要过一个更有吸引力的生活；我需要一些无法抗拒的魅力。

我把魅力这回事完全忘了，注意力全都集中在凯茜身上，因为她说："你还记得那个红头发的男人吗？他会在公园里拦住你，还希望能让约克先生出版他的书，他应该给你带来了很多麻烦吧？"

"赫克托·巴特勒特。"我说。

"就叫这个名字。"凯茜说，"这些天他经常来拜访威尔斯先生，说要印刷，我跟威尔斯先生说，你得当心他不付钱,那个男人。"

我猜想那个尿稿人正在安排私下印刷自己的一部分作品,因为他找不到出版商。不过,整顿饭我仔细谨慎地"盘问"了凯茜,我推断出,他委托的印刷任务情况非常特殊,对威尔斯先生来说几乎是一个挑战。它包括"印刷成报纸上的专栏形式",而且在纸上呈现出报纸的形式,这样最终的结果就像是从一份真的报纸上剪下来的一样。

我非常困惑。"他是从真的报纸上复制了一份吗?"在"盘问"的时候我说。

"不,没有。他带了一页过来,已经打印好了。说必须做得像报纸上剪下来的一样。"

"他为什么要这么做? 你知道吗?"

"他跟威尔斯先生说,这是小说的一种新形式。威尔斯先生觉得他疯了,但怎么都行,不用恶语相向,我印出来,他付钱。"

这就是我能从凯茜身上得知的一切。我因为拒绝帮助那个尿稿人而丢了工作这件事,我觉得最好还是别说了。

"你怎么不吃呢,霍金斯太太? 你剩了一半在盘子里。"凯茜说。

年轻的伊泽贝尔·莱德勒还在圣畔别墅14栋,已经怀孕三个月了。起初,她把这个秘密告诉了凯特,因为她是一名护士,然后是威廉,因为他是一名医学生,然后是卡林夫妇,因为他们结婚了,然后她告诉了她爸爸,同时也告诉了我,因为我是霍金斯太太。

我们认为,这个时候,远在爱尔兰的米莉,不管怎么说都不需要为这个消息感到忧虑。旺达也不知道这个秘密,因为她有道德上的恐慌和让她歇斯底里的烦恼。伊泽贝尔跟五个人说了她怀孕的事之后,继续无忧无虑,好像这是我们的问题,而不是她的问题。在某种程度上,她是对的,因为她最开始提出的建议是她应该堕胎。当时这个做法并不容易,也不合法,但她的爸爸和钱可以安排好一切。伊泽贝尔带着这个想法去找凯特和威廉。他们强烈反对这种做法。伊泽贝尔咨询了其他人。巴兹尔犹豫不决,但他的妻子伊娃坚决反对。最后,休·莱德勒宣布自己死都不同意,我也因为危险、不道德和本能的抵触表示强烈反对,她放弃了这个想法,她的怀孕现在就成了我们的问题。事实上,休·莱德勒试图把它缩小到他和我两个人的问题。为此他向我求婚。"要是伊泽贝尔有个母亲就好了。"这个让人惊讶的男人说。

我本可以说要是她有个丈夫就好了;我本可以再补充说,我并不想在二十九岁的年纪有一个二十二岁的女儿,还成了外祖母;我本可以告诉他,我完全没有爱上他;但我只说了不。这是我给的建议:当你需要拒绝任何有争论可能的请求时,你就不应该给出理由或者陈述你的反对意见,这样做会招致反击的理由和异议。所以对休·莱德勒,我说了不。

"你爱那个人吗?"伊娃·卡林说。

"我不知道。"

就像事情发生的时候,她也不完全确定孩子的父亲是谁。在她怀孕的第三个月,从她没有上班待在家里时的一阵阵晨吐,到晚上没有晚餐约会,再到她没有表现出高昂的情绪,她渐渐地引起了我们的注意,她慢慢让大家知道,有三个人说是孩子的父亲,但她觉得没有一个适合结婚。

休·莱德勒让凯特在房子里召集大家开次会。他迈着沉重而疲惫的脚步爬上楼,仿佛怀着孩子的是他。这次会议是在卡林夫妇的客卧一体房里举办的,因为它最大。

　　但这是个错误:它就在旺达房间的隔壁。她不知道这个秘密,自然对卡林夫妇举办的"晚会"很好奇,他们一般都是独来独往。威廉在我之后咚咚地走了进来;旺达在她的房门口看着。凯特来了,手里拿着个笔记本;旺达借此机会进了浴室。我想我把事情搞得更糟了,因为当旺达还在继续自己的活动时,我走到楼梯平台上叫了伊泽贝尔,说我们已经准备好了,能不能再拿三个杯子来。旺达躲进了自己的房间,砰的一声关上了她的门,很生气自己被排除在外。我只是稍微注意到了这一点,因为手头上的事情最重要,然后就是咖啡杯、一瓶雪利酒、一瓶波尔图葡萄酒和杯子的问题;还有,椅子够不够? 我们要把床当沙发坐吗? 第一次看到卡林夫妇的房间是什么样子,感觉很陌生,他们隔壁有个小厨房,所以没有人过多地想到旺达。伊泽贝尔手里拿着杯子和一瓶什么东西当啷当啷地进来了,包括她在内,我们有七个人。但我们的声音听起来像有二十个人。整个房间都充斥着休、威廉和巴兹尔的声音,大多数噪声都是他们发出来的,但凯特也不停地用自己的专业知识——在国家医疗服务体制下,伊泽贝尔能用的设施和能得到的福利——打断他们。

"伊泽贝尔,"这位父亲说,"不需要国家医疗服务提供的堕落女性避难所。我可以给她买一套小公寓,然后如果她能找到一份体面的工作,比如说出版行业的——"

"你为什么不带她回家跟你一起住呢?"伊娃·卡林说道,她从厨房里出来,拿着一盘式样奇特的零食,走路的时候还是习惯性地手肘外翻,很像一位说话算话的人。

我们都坐了下来,巴兹尔·卡林正在帮他的妻子端酒和零食。

"和爸爸一起住?"伊泽贝尔说,"不要,我不喜欢萨塞克斯。我喜欢伦敦。"

"伊泽贝尔,"休说,"喜欢艺术家什么的。她喜欢文化。"

"这对宝宝来说是怎样的生活啊!"凯特说,"那些文化群体不知道什么是卫生,他们甚至不知道什么是干净。我记得我被派到荷兰公园一个似乎充满艺术气息的房子里——"

"也许我们该谈谈正事。"威廉说。伊泽贝尔坐在他旁边,脸色红润,金色的短发闪闪发亮,看上去很漂亮。

"我非常感谢你们来这里,"休说,"我很感谢你们愿意站在伊泽贝尔一边,而且也没有对此大惊小怪。"

"你看过《八月茶室》吗?"伊泽贝尔问威廉。

"没有,我不去电影院。跟这个有什么关系吗?"

"没什么。我只是在想,万一你去了呢,你是怎么想的。你应该看看《安东尼奥的西班牙芭蕾舞》,它上映是在——"

"而且如果我给她买了套公寓,她就可以找人照看宝宝——"

"你不想让她嫁给孩子的父亲吗?"巴兹尔·卡林说。

"我也想说。"伊娃说,"让那个下流的人跟她结婚,不管是谁。"

"《青涩岁月》,"伊泽贝尔向威廉透露,"很好看。我还没看过《奇妙小镇》,预订的票——"

"好了,伊泽贝尔,"威廉说,"告诉我们孩子的父亲是谁吧。我们都想知道。"

"对,告诉我们吧。"休说。我不理解他为什么私下没有问过她这个问题。但我有时观察到，彼此亲近的人在其他人面前要比单独在一起时更能讨论自己的私事。显然，休·莱德勒认为可能的男人只有一个。"如果你能指出他是谁，"他说，"可就帮了忙了。"

伊泽贝尔像是把这当作聚会上玩的猜谜游戏了，给出了线索："哦，是弗利特街①或者说出版行业那些男孩当中的一个。你们知道，他们是怎么保证给你在出版行业找份工作的——如果你和他们上床，再然后他们不知道出版行业有什么工作，而且公正地说，在出版行业找份工作并不容易。爸爸没有意识到这一点。"

"你的意思是说这些人都不做避孕措施吗?"巴兹尔·卡林十分震惊地说。

"你别让我女儿说得太详细了。"休说。

我记起了当时休·莱德勒在萨沃伊饭店告诉我的：赫克托·巴特勒特是伊泽贝尔的朋友之一，他试图给她在出版行业找份工作。我想到他有可能是伊泽贝尔孩子的父亲时感到非常震惊，以至于我吞下了一整杯雪利酒，

---

① Fleet Street，位于伦敦中心的一条街道，曾是全国性大报社所在地。

没有剩一半。我说:"别告诉我是赫克托·巴特勒特。"

"不,"伊泽贝尔说,"不可能是他,不过他自认为是孩子的父亲。我只和他睡过一次,因为他给我在一个出版商那里找到了工作。但已经是很久以前了,他不可能是孩子的父亲。他说会娶我,还要证明自己是孩子的父亲;他已经在这周围徘徊了好几个月。"

我没有太在意最后一句话。通常情况下,我们会错过人们说话中一些重要的部分,因为我们主要关注的是其他部分。当时我只注意到了那个尿稿人想娶伊泽贝尔。我忽略了"他已经在这周围徘徊了好几个月"。

"你不能嫁给那个男人。"我说。

"我不会嫁给他们中的任何一个。"伊泽贝尔说。

"说得好。"休说。

"这对宝宝来说是怎样的生活啊!"凯特说,"你应该把宝宝给别人收养。他需要一个体面的家。"

我说,不要考虑把宝宝送出去这个想法,太让人难过了,特别是物质上没有困难的时候。伊泽贝尔表示同意:"我不明白我为何要费那么大劲儿,最后却一无所获。"

凯特主动提出要为伊泽贝尔找一套公寓。威廉写下了一位妇科医生的名字。伊娃·卡林仔细考虑了一会儿,同意伊泽贝尔不应该嫁给一个她不爱的男人。巴兹尔·卡林用很严肃的口吻恳求休·莱德勒劝他女儿从现在起改过自新。我同意当宝宝的教母。伊泽贝尔说她还没看过《一个明星的诞生》,好看吗? 休·莱德勒说,他非常感谢我们能够支持伊泽贝尔,希望我们能继续支持她。会议结束了。大家离开时都非常亲切。"你会成为一个伟大的教母的,霍金斯太太。"休说。

当我正要上楼回房间时,旺达在楼梯平台拦住了我。

"霍金斯太太,霍金斯太太。"

我还是满脑子想着刚才会议无谓的忙乎和吵闹,雪利酒和零食,伊泽贝尔和她的问题,还有溺爱她的父亲。当她站在自己房间外面的楼梯平台上重复叫我的名字时,我有点期望她是想问我,能不能给她在出版行业找份工作。

"有事吗,旺达? 你找我吗?"

"霍金斯太太,你必须跟我谈谈。你必须到我房里来。"她站在那里,每说一个字身体都向前晃一下,非常恳切。她左右看了看,然后急忙缩回自己的房间里,朝我招手。

"你在密谋着些什么，霍金斯太太?"旺达说，"你一整天都不在房子里。别告诉我你去上班了，我知道你丢了工作。你离开房子去找那些人，然后晚上和这里的其他房客一起，想毁我的名声。你在密谋对付我。我的箱子——我没有用它挣钱。我这么做是为了帮个忙。我这么做是为了帮忙。我在帮生病的人。"

旺达的箱子打开了，能看到里面。她放了一小堆卡片和一本印刷的小册子，有一页上面似乎有一些列成表的安排。但这是我瞥一眼能看到的所有的东西。我不想对旺达指控我在密谋做出回应。我只是站在那里，看着她。关于这个箱子，我听得越多，我就越相信——现在也是——它就是一堆垃圾。但是这比我中午十二点控制不住地念诵万福玛利亚还要疯狂? 我继续站着，看着可怜的旺达，她的状态很糟糕。我当场决定放弃那些万福玛利亚;事实上，我的信仰超越了那些万福玛利亚，它们对我来说已经只是一种迷信行为了。

"霍金斯太太，你在房子里密谋对付我。你生病是我的错吗? 你越来越瘦了，你在日渐消瘦，日渐消瘦，你会死的。"

"旺达，我觉得自己很好。你为什么不找个司祭谈谈？你应该去见司祭。"我说，"明天早上我会给斯坦尼斯拉斯神父打个电话——"

她狂叫了一声，打断了我，然后是长长的哭号声，仿佛提到波兰牧师让她遭受了身体上的创伤。斯坦尼斯拉斯神父个子很矮，很温和，戴着眼镜，一头白发，房子里的人都知道他，因为大概一年前他来看过旺达几次，当时她卧病在床。旺达现在坐在床上喊叫着。我迅速逃走了。米莉不在房子里，我突然无法应付。卡林夫妇打开了他们的房门。

"她又发作了。"我说。

"又来了一封信吗？"

"不，我想不是。我想她精神已经崩溃了，我根本听不懂她在说什么。"

现在旺达在房间里安静了。伊娃·卡林敲了门。"旺达，"她说，"你想喝杯茶吗？"

旺达打开了她的门。"去啊，"她说，"去密谋，说我疯了。向司祭告发我。你们想让我的朋友们和妹妹背叛我。霍金斯太太要死是我的错吗？"

"我给你拿杯茶来。"伊娃·卡林说。

我上了楼。凯特和威廉正从楼梯扶手往下看。"怎么了？"

"我不知道。她需要一片镇静剂——你有吗，凯特？"

"有，但没有医生的处方我是不会给药的。"

"我给。"威廉说。

但是旺达不想再给任何人开门了。威廉努力说服她之后，上楼敲了我的门："我能进来吗？"

我们坐下来，谈了一会儿关于旺达的事。我告诉他，她神秘地预言我正在变得瘦弱，会死。"我觉得有点惊悚。"我说。

"她需要专业的治疗。"威廉说，"霍金斯太太，你觉得惊悚的原因是你没有性生活。在你这个年纪，没有性生活，你一定会觉得惊悚的。"

我正努力从这种冲击疗法中恢复镇定，他补充了一句："顺便问问，你受洗时就取名叫'霍金斯太太'吗，霍金斯太太？"

"不是，"我说，"我受洗时的名字是艾格尼丝。但我叫南希。"

于是,我和威廉在我那张只能容纳大半个身子的床上共度了一夜,除了我和他,脑子里没想别的。

十一

我的建议是,任何因为能干而获得声誉的女人,不要过多地展示她的能力。你给了建议;你说,做这个,做那个,我想我给你找了份工作,别担心,交给我吧。所有的事情都这样,最后你会感到惊悚、茫然、忧虑。如果你想设法逃避那么多的责任,你周围的人就会很愤怒。你脱离了你的人设。这让他们怒不可遏。

我经常会想,如果威廉不是南肯辛顿圣畔别墅 14 栋顶楼的一个房客,我的生活又会是怎样的;那栋简陋但干净的公寓住房,经过拆除重建,今天已经是一套高档又昂贵的公寓了,远远超出医学生、护士和像我们这样的人的支付能力。

第二天上午九点半,在威廉出门听课之后,楼下的电话机响了。我穿着睡袍，下了两层楼去接。通常我八点钟就会起床穿好衣服，但今天早上不一样。电话那头是艾玛·洛伊，依旧很有魅力，一贯忽略自己过去冒犯人的事情。"霍金斯太太，我需要你的帮助。"她说，好像让我失去两份工作的人不是她。

"洛伊女士，恐怕我——"

"叫我艾玛，看在上帝的分上。"她说。

"我现在帮不了任何人的忙。"

"但是，霍金斯太太，你是擎天之柱，当然，我这么说是要加引号的。"

"有什么事吗，艾玛?"我说。

"呃，我们能见面谈吗?"

"你知道有什么适合我的工作吗?"我说，"出版行业的工作?"

"霍金斯太太，我想你对现在的情况有误解。我真的不想你离开麦……什么图利。不过另一方面，相信我，亲爱的，别告诉别人，你很幸运摆脱了它。你能和我一起在常春藤饭店吃午餐吗?"

"今天吗?"

"今天。"

"恐怕不行。"

"噢,不行吗?"

"对,我要和我的男朋友一起吃午餐。"

是真的。我和威廉约好了要去老布朗普顿路的ABC餐厅。

"霍金斯太太,"艾玛说,"我理解你的心情。我不是空有虚名的小说家。只要你能让我解释。我自己现在陷入了极大的困境。只要你给我一个小时,半个小时,我会非常感激你的,我会由衷感激你给的时间,真是非常……"

我同意六点钟在公园巷的格罗夫纳豪斯酒店跟她见面。我完全无法隐瞒自己期待这次见面的事实,因为艾玛一贯都能引起他人激动的情绪。虽然很多人会谴责她,但我从来没见过愿意错过和她约见的人。

我刚放下电话,旺达就下楼来了。"谁打来的,霍金斯太太?"

"我一个朋友。"我想我的声音很冷酷。当然,我害怕精神传染。旺达不再像以前那样亲切地接待她的淑女们,那些之前经常要求试衣服或者改衣服的顾客。在我看来,这些日子旺达的顾客寥寥无几。

"你和斯坦尼斯拉斯神父谈过了。我听到了。"

我没来由地感到强烈的恐惧。我一定是表现出了愧疚;可能是我下意识躲开了她。

"没有,旺达。你得去看医生了。"

"什么! 你跟说我疯了的敌人聊过了。你在密谋。房子里所有的人都在密谋,要让医生把我带走。"

"你为什么不先见见斯坦尼斯拉斯神父呢?"

她跑上楼回了房间,号啕大哭。

我和威廉坐在 ABC 餐厅里,他在吃自己那块三明治,还有我剩下的一半。我跟威廉在一起时是完全放松的,一直都是。

"旺达今天早上精神又不好了,"我说,"她觉得我们所有人都在密谋对付她。"

"这样的话,"威廉说,"那我们得稍微密谋来对付她。至少她该去看医生。"

"或者司祭。有一位斯坦尼斯拉斯神父,是波兰侨民团体里的一个。"

"让他来看她。"威廉说,"别想她了。你承担得太多

174

了。留点给专家吧。"

"我想在米莉回来之前给旺达做些安排。我在为米莉着想。"我说。

"我们俩应该在米莉回来之前做点什么。"威廉说。

"我们该做什么?"

"租个公寓。小公寓,就我们俩。"

在我看来,这件事很清楚,很好理解,太过明显,以至于我很惊讶竟然没有什么波折。我习惯了有阻碍。我说:"我们这样是不是有点仓促了?"

"南希,你真这么想吗?"

"如果我找到工作的话就不这么想了。"

"那就找个公寓吧。相当安静,能让我学习的。你是个能干的女人,霍金斯太太。"

"我有点厌倦了自己的能干。"

"我知道,"他说,"不要承担不必要的责任,干脆放弃你所承担的一切,除了我。这是我的建议。你看起来真迷人。"

"我去理发了。"我说。

那天下午,我去了布朗普顿圣堂,多方打听之后——

包括干等，不停地转手，从一个司祭到另一个司祭——我终于拿到了斯坦尼斯拉斯神父的电话号码。这次调查让我疲惫不堪，没有办法最后再努力打电话给他。我记起了一个故事，是一个男人跟我讲的，他被邀请去省城，去跟他相爱的女孩家里吃晚餐，这对他来说是一个很紧张的重要时刻。那是个雨夜。他找不到房子在哪里，先是把阿尔丁顿路错认成了阿尔丁顿花园，然后又试了"街""道""新月街"①和"排房"，到处奔波；最后，在拦住人们询问、被引错路、带着问题去水果店和烟草店调查、四处走动之后，接近了阿尔丁顿路 10A 号，他知道这肯定是最终正确的房子，门上有名字，窗帘后面有灯光。但他没有按门铃。他走开了，经过了那栋房子，再也没有见过那个女孩。

我也一样，最后一环太难了。我很早就动身去了格罗夫纳豪斯酒店，手提包里还有一张写着斯坦尼斯拉斯神父号码的纸条。我在女洗手间里花了点时间打扮了一下自己，然后出来找艾玛·洛伊。

---

① 新月形状的街区，一排的房屋。

在我想来,格罗夫纳豪斯酒店不是认真交谈的最佳场所。周围有太多衣着光鲜、散发着香水味的人,女孩和女人穿的是皮草搭 A 字型连衣裙或者是披肩短外套搭短裙,男人也打扮得太过用心,有的双肩垫得太高,明摆着是黑市商人,就像我们当时所说的战后骗子。在一堆黑市商人和他们的女友中,新进来了一对年老的夫妇,拿着从乡下带来的破皮袋,穿着不成形的乡下衣服,胳膊上挂着雨衣,偷偷地环顾四周,完全被这个勇敢的新世界搞得不知所措。服务员领着他们到了别人看不见的地方,这时艾玛·洛伊出现了,穿着时髦的毛皮大衣,漂亮的灰裙子,戴着珍珠,非常悦目。

"霍金斯太太,你做完头发真好看。而且你瘦了,这发型很适合你。"

"你也很好看。"

我们点了金汤力①。"多不可思议的人啊。"艾玛说着,环顾四周。她很快就发现,她的见面地点选错了:"我想我们应该在更安静的地方见面的。"

---

① 杜松子酒和奎宁水的混合物。

"但这场景很有趣，"我说，"对我来说相当新颖。"

"对我来说也一样。"她说，"我想，作为一个小说家，我应该乐于接受任何体验。当然，小说家并不需要真的经历每一次体验，短暂感受一下就够了。"

我差点就觉得，似乎是我，而不是她，选择了这个地方。不过她一下子就看透了，补充道："我该选一个更合适的地方。但是我们就充分利用这里吧。"

我们的酒水上了，艾玛小口地咬了一颗花生。然后她说："霍金斯太太，你为什么这么恨赫克托·巴特勒特呢？"

"哦，别担心，"我说，"他已经跟我没有关系了。我也已经跟他没有关系了。我现在不在出版行业了。他只是想着利用别人。"

"现在，如果你想要一份出版行业的工作，我想，你可以指望我。当然不是立刻，但最终会有的。我想谈谈赫克托的事。他被你伤得非常非常厉害，霍金斯太太。我想这一切都是从去年夏天的一个早上开始的……"这位小说家说道，"在你去上班的路上，他在公园里遇见了你。赫克托当时很高兴。那是美好的一天，在那个公园，我想是格林公园吧，还是圣詹姆士来着，反正就这两个中的一个……他非常钦佩你，像你一样对每个人都很体贴。然后突然，你就毫无预兆地用那种致命的称谓来攻击他。"艾玛压低了声音："尿稿人。你知道这对一个作家意味着什么吗？这对他会有多大影响？从人性的角度出发来看吧。"

我被她华丽的辞藻吸引了。这是艾玛·洛伊新的一面。她在说一些她做梦都不会写或者署名的东西。她的口吻和平时的艾玛·洛伊不一样。"从人性的角度出发来看吧"，就像我是另一个物种一样，这句新创的毫无意义的话，要么是为了我，必须说给我听——在这种情况下，她低估了我的智力，要么是她自己处于某种情感压力之下；而且我之前在工作中有一两次注意到，在现实生活的情感压力下，最聪明老练的作家往往会说些陈词滥调，而且语无伦次。我决定慢慢品我的金汤力，让她继续说。

"你看，"她说，"我下周要去美国了，我想我会在那里待一段时间。我的书在那边卖得很好。在我离开之前，我想让赫克托和你之间相安无事。如果你每在出版行业找一份工作都散布说他是一个（声音压低）尿稿人，我怎么能轻松地离开呢？这是一个非常伤人的用词。而且一点也不像你，霍金斯太太。"

艾玛·洛伊说话的时候，我在装样子；这表示我只分出一部分注意力听她说话。我一部分注意力被分到了别的地方，有一群更优雅的客户开始取代六点钟方向那群华丽庸俗的人。一小群一小群地来了一些穿晚礼服的人，中青年，大多都很有魅力，所有人都很开心。

我把目光从经过的人转向艾玛·洛伊，我说："要是你能真切地提出更好的合适措辞，我就愿意仔细考虑一下。"

"你现在不是过得相当艰苦吗？"

"要摆脱他了，你一定感觉松了口气，洛伊女士。"

"请叫我艾玛。我知道你坚持让人叫你霍金斯太太，这个称呼很适合你。这是你自己的喜好问题。我一点都不想摆脱赫克托。事实上，等我到了美国，我会非常想念他。你知道他对我的作品有多用心吗？他把我所有的作品都牢记在心。他可以引用我任何一部小说中的章节和段落。太不可思议了！"

"他引用得对吗？"

"不对。他通常都会搞错。这点我承认。但他对我的用心摆在那里。不过那是我顺便提的。我是希望能从个人角度出发打动你。"

"那颜色太美了，那件橙色的雪纺连衣裙，你看，那边那个女孩穿的。"我说。

艾玛不得不承认那颜色非常亮丽。她沉默了一会儿。

然后，她说："恨可以变成爱。"

我想了一下这句话。"也许在欧洲大陆，"我说，"或者拉丁美洲是这样。但是你很清楚，洛伊女士，在英国，爱和恨是完全不同的两个东西。它们甚至不是对立的。依我看，爱最初来自内心，而恨基本是由于原则。"

"你现在思想非常偏狭。"她说。但从她的语气来看，我想此刻她意识到她的论证方式选错了。总之，我说，毫无疑问我思想偏狭，这并不奇怪，因为我生在岛上，长在岛上。然后我环顾四周，看了一眼晚礼服的场景。"我必须得说，这里的一切让我眼花缭乱。"我说；我开始收拾我的包和手套，好像是要走的样子。

"我们偏题了。"艾玛说，"你知道的，霍金斯太太，时间一直流逝，你必须想想自己的未来。你不想一辈子都做一个孤独的女人吧？"

我又坐回椅子上，告诉她，无论如何她都别指望能摆脱赫克托·巴特勒特，然后甩给我。"要是我又找了份编辑的工作，如果他再出现在我面前，我还是会羞辱他，说他是尿稿人。"

"这是恶意中伤，他可以告你。"艾玛说。

"让他告吧。我的评论很公正。"

"行吧，他一定会再出现在你面前，未必是在出版行业。你知道的，在我去美国之前，我只想看到赫克托安顿下来。如果你想暗示说没见过他出现在你周围，我会很惊讶的。他可花了很多时间陪那个跟你在圣畔别墅那栋房子里一起住的女人。你一定见过他进进出出的，知道发生了什么吧？"

事实上，我没有花那么多时间待在房子里。我白天都在外面，而且如果晚上不出去，多半也是待在我顶层的房间里，或者和米莉一起在厨房里。我猜测艾玛指的是伊泽贝尔和赫克托·巴特勒特过去的关系，但我怀疑她在自己房间里招待过他。这所房子里唯一进进出出的是来找旺达的人,尽管最近她的来访者少了很多;他们不再挤在房间外的楼梯平台,在她让别人试衣服的时候等着。我根本没注意到伊泽贝尔那里有任何进进出出的人。她显然是在别的地方处理自己的私事。

"不,"我对艾玛说,"那个女孩和他不熟。"

"什么女孩?"艾玛这么一说,让我谨慎起来。

"住在房子里的一个女孩。她认识赫克托·巴特勒特,但只是偶然交的一个朋友。"

"哦,你是说怀着孩子,想用孩子来拴住赫克托的那个人?"

"据我所知,她不想用孩子来拴住任何人,尤其不会是他。"

"我听说的不是这样,真的,霍金斯太太。"

"上帝知道你听说了什么,洛伊小姐。总之,我不认为这是我们要讨论的事。"

"但我说的不是那个女孩。"艾玛说。

"我以为你是。"

"不,"艾玛说,"我说的是他去年春天遇到的一个女人。他是通过那个女孩认识她的,这是真的。这可怜的

183

家伙，为了出席某个场合，买了套二手的无尾晚礼服，要做些修改。那女人是个裁缝，别告诉我你不知道。作为一名小说家，我当然发现这个故事很扣人心弦，霍金斯太太。这当中的微妙之处层出不穷，也解释不清。"

我能看出艾玛·洛伊对故事元素真的很热情。当她对我说"作为一名小说家"时，我难以抗拒地有一种受宠若惊的感觉，因为她通常把自己的那一面留给和她同等级的其他作家，或者是那些她偶尔同意与之交谈的精挑细选的采访者。

"可能性数不胜数，万分迷人，"艾玛若有所思地说，"从去年春天就已经开始了。"

"你一定说的是旺达·波多拉克，"我说，"我不知道她认识赫克托·巴特勒特。"我又收好了自己的手套。"呃，不管是什么微妙的可能性，我希望她一切都好。我不认为他和旺达有很大的关系。她是个可怜的女人，没有那么坚强。而且我不认为他会跟一个对他一点用都没有的人交往，更何况是一个可怜的裁缝。"

我现在有一个根深蒂固的想法，艾玛在用某种方法想让我嫉妒，她在暗暗地让赫克托·巴特勒特合我的意。

艾玛想摆脱他。

"你一定要走吗？我们可以去个好地方简单吃一点。"艾玛说。

我对她表示感谢，但说我得走了。在往门口走的路上，艾玛说："我还没有完全解释整个情况。你一定觉得我很神秘吧。"

"你想摆脱赫克托·巴特勒特，然后甩给我。"我说。

"不一定是甩给你。"她说，"但这是个解决办法。你必须停止用那个命名的方法。"

"胡说八道什么。"我说。

"我打辆出租车捎你回家吧。"

"不用了，谢谢，我想走回去。"

走到街上，艾玛说："赫克托一直在用最荒谬的做法不让你叫他那个名字，想赢得你的认可。霍金斯太太，如果你想在出版行业找份工作，更重要的是保住这份工作——"

"赫克托·巴特勒特，"我说，"是个尿稿人。"我很高兴能再说一次这个词；我很喜欢。艾玛微笑地看着我，暗示她明白了这一点。

一辆出租车靠近了，上面挤满了人。在艾玛上车之前，我说："你为什么不给他钱让他离你远点？"

"他会用那笔钱跟着我去美国。人总是这样，你给他们钱让他们离你远点，而他们会用钱违背你的意愿。"艾玛·洛伊说。

七点多了。公园巷车水马龙，人来人往。天已经开始下雨了，但等公交车的队伍很长，比起站在那里等一辆内部潮湿闷热的公交车，我觉得还是步行被淋湿更好一些。在我沿着公园巷、骑士桥、布朗普顿路回家的路上，我最想知道的是，怎么自己从来没有在房子里、门口、楼梯上、楼梯平台上见过赫克托·巴特勒特，还有他是不是真的花了很多时间和旺达在一起。我确定艾玛夸大了；他可能只是偶然认识了可怜的旺达，她所有扑朔迷离的谈话和警告都只是为了一个不切实际的想法：让赫克托的生活变得更轻松，这样她就可以摆脱他，摆脱他的要求，摆脱他对她的书的牢记于心，摆脱他将自己当成她的文学代言人——他已经有这个倾向了——时肯定会出现的尴尬。

二十多年后，这个尿稿人才开始写关于艾玛的恶毒文章，三十年后，他出版了自己的回忆录，艾玛在里面是一个重要角色，用来哗众取宠，如果他的书真能引起任何轰动的话。他写的有关自己和艾玛生活的小说那时众所周知；之后的日子里，她无视了这一点，就像无视了这个尿稿人一样——这让他愤怒了好些年，从她和我一起坐在格罗夫纳豪斯酒店，试图摆脱他的时候开始，或者可能之前就开始了。当然，在我看来，她已经对认识他会造成的危险产生了恐惧，有了预感。

在雨中溅着水花走到家，浑身都湿透了；我想赫克托·巴特勒特可能只见过旺达一次，就是为了改一下衣服。但是，我也认真想了一下，他非常可能到房子里来过几次。等米莉回来我会问她，还记不记得有这样的人来敲过门。

事实上，我这一生中经常观察到，我们往往注意到我们期望注意到的东西。我几乎没有努力地注意一下旺达的顾客，而且我每个工作日大多都会离开房子很长时间。想到旺达现在的状况，我感到很不安；我预见会有大惊小怪的事情和讨厌的声音，当我打开包拿出前门钥匙时，我看到了那张写着斯坦尼斯拉斯神父电话号码的纸条。我后悔没有给他打电话。我浑身都淋湿了。

一走进房子，我就意识到有什么不对劲。当我爬上楼梯时，我看到旺达的门是开着的。有声音从里面传出来。不是大惊小怪和讨厌的声音，而是有些严肃的声音。旺达一定是病了。

当我到了二楼的楼梯平台时，威廉走了出来，后面跟着凯特。

"怎么了？"我说。

"你能进来一下吗？"威廉说。我想卡林夫妇也在旺达的房间里。里面站着一个穿着宽松军用雨衣的男人，还有一个看上去是公职人员的年轻女人，但是她没有穿制服，只穿了普通的棕色外套和短裙。旺达不在。

我说："发生什么事了吗？"

"对，"穿着军用雨衣的男人说，"恐怕是这样。"

"他们是警察，"威廉说，"旺达淹死了。"

那时将近八点钟。

那个男人是巡官，他解释说，七点钟左右，波多拉克太太跳进了摄政运河，捞上来已经晚了。

"你阻止不了这些案子的发生。"警察说,"如果他们想跳他们就会跳的。"他们找到了旺达的手提包,从里面的资料知道了她的地址。他们来是想看看她有没有留封信,再找出她的直系亲属住在哪里。然后他问我:旺达有没有表现出任何征兆,或者什么奇怪的地方呢？她有提过要自杀吗？

我告诉他旺达最近确实很奇怪,已经有一段时间了。她没有提过要自杀。其他人显然已经提供了一些关于旺达的信息。"那匿名信呢？"警察说,"知道是谁寄的吗？"

"不知道,是个男人。"我说,"因为有天晚上他打电话来了,她听到他的声音了。"我不敢相信发生了什么,然后就这么说出来了。

"这些案子……"这个警察说。他的女同事说:"每个人都会感到震惊。"

"她是个天主教徒。我之前想让她去见见司祭,但她不想。一个虔诚的天主教徒,她不像会自杀。我正要给一位波兰司祭打电话,不管怎么样,我要请他来看看她。"

"天主教徒也帮不了神志不清的脑袋。"这个警察说。他说话带有爱尔兰口音,我们大概知道他在说什么。

我想到了包里的那张纸。也许我本来还来得及。

"你看这间屋子有多乱，就知道她神志不清了。"凯特说，"可怜的女人。"

"裁缝的屋子总是很凌乱的。"伊娃·卡林说，"谢天谢地，她没有在房子里做这件事。可怜的人！"

巴兹尔·卡林说："我觉得，在她解决完收入所得税之后，匿名信就停了。我想这些信不可能是动机。可怜的家伙！"

"你们谁能提出一个动机吗？"这个巡官说。

"自杀的动机，"威廉说，"通常都是无关紧要的，如果有的话。我们医学院里有一个人，和洗衣店吵了一架，因为他们弄丢了这家伙一条内裤，他就用毒气自杀了。"

这个警察表示同意。"任何犯罪的动机都是无用的。"他说。

我们都被"犯罪"这个词触动了；想到旺达的悲剧，我们都感到震惊。

我突然有个疯狂的想法——她可不可能是被推下去的？"你们确定是自杀吗？"

"目击者看到她跳下去了。她好像喊叫了一声，扔掉手提包就跳了下去。有人把她捞了上来，但太晚了。"

我把知道的关于旺达家庭的一切都告诉了他们。波兰有三个姐妹，一个结婚了，住在苏格兰。不，我不知道是苏格兰哪里。也许伦敦有一些表亲……

其他房客低声惊叹着，在表达完他们的悲伤之后，夸张地加上了痛苦的感叹号。我觉得我们好像和两个陌生人擅闯了旺达的房间。我的衣服感觉很湿。

当晚警察派其他人去搜查了旺达的房间。他们找到了她妹妹的地址，但没有匿名信的踪迹。裁定：自杀，神志不清。

十二

我想起了前一天晚上当我告诉她我要给斯坦尼斯拉斯神父打电话时，她疯狂的尖叫。我现在更详细地记起了在我们于卡林夫妇房间开会讨论伊泽贝尔之后，旺达房间里混乱的场景。当时，大部分都合并成了一个总体印象，就是她已经彻底精神错乱了。"她需要治疗，"威廉说过，"她需要一个专家。"旺达很焦虑，在我那天早上打电话给艾玛·洛伊时，生怕我代表她打电话给斯坦尼斯拉斯神父；还有她跑上楼时的恸哭：那是我最后一次听到或者说看到旺达。显然，她害怕温和的斯坦尼斯拉斯神父，或者是他代表的什么东西；她害怕会被揭露出来的什么东西。

"自杀的动机通常都是无关紧要的。"威廉说了。对我们其他人来说是无关紧要的，但对他们来说不是，显然对他们来说不是。我意识到我对旺达所知甚少，更别提她在想什么了。很奇怪，艾玛·洛伊一直在和我讨论她，可能就在她最后一次哭喊，跳进黑暗冰冷的运河里的时候。"动机……无关紧要……"是的，但对旺达来说不是，对旺达来说不是。

旺达死的那晚，警察离开之后，我几乎都不记得自己做了什么，或者说了什么。

房子里有人给科克郡米莉的女儿打了电话，通知了她这件事。米莉亲自回了电话，要我来接。

"米莉，为什么不待在那里，直到一切都平息呢？"

米莉不会听的。她不想对旺达浪费同情心。"那女人真有胆量，"米莉说，"从我的房子出去自杀！"

很奇怪，这句话让我感觉好多了。米莉的观点总是能给人一点藐视一切的胆量。我期待着米莉回来。

在死因调查和葬礼之后，旺达的妹妹从苏格兰到房子里来收走旺达的财物。其他姐妹都在外面工作。我把她带进旺达的房间，问需不需要我帮她。她说不用，她可以自己解决，但我能看出来她很茫然，心不在焉地把东西抬起来，然后放到同一个地方。她是旺达的翻版，就是黑些。她的名字叫格雷塔；她的英语稍微有些蹩脚，带着苏格兰口音。

现在，我得提醒她，房间里堆放的东西不一定全是旺达的。我说，一些是属于她的顾客的，一般来说，我们可以放心地假设，只有那些装在旺达的手提箱里，或者叠在抽屉里，或者挂在衣柜里的衣服，才是旺达所有的。而且我说，即使如此，有时旺达也会把自己给她的淑女们做的特别的裙子挂在她的衣柜里：需要根据尺寸来判断。我喋喋不休地说，至于其他的，我们得等，直到顾客把他们的衣服收走。

"这些不都是女人的衣服。"格雷塔说，在一堆衣服里翻看。

"不全是，"我说，"旺达很擅长修改男士的衣服。衣服的主人会来拿走它们的。"

"壁炉架上的那些照片……"格雷塔说。她坐下哭了起来。"床都没收拾。"她说道，拿起一双旺达穿旧了的鞋。

"照片肯定是旺达的。"我说，"找一个空的手提箱，把照片放在一起。我去拿些报纸把它们包起来，再给你带杯茶来。"

最后来收走这些私人物品，筛选、分类、打包，这种悲伤比葬礼更难形容，至少葬礼有一个固定的仪式，有要说的话，棺材有形状，墓有一定的深度，甚至哀悼者的悲伤也在沉默地诉说着什么，只要他们静静地站在那里就能得到传达和正式的演绎。但是，在像旺达的一双旧鞋子这样的遗物中隐藏的悲痛，难以言表。

当我拿着茶回来时，格雷塔正在检查她姐姐的银行存折。"六百三十英镑。"格雷塔说，"我都不知道她这么有钱。"我又被叫走了，门铃响了，我要去开门。是阿比盖尔，伊恩·图利的秘书。她说，她来主要是为了见我，然后拿走旺达借用的某个射电电子学设备。

我怀疑她来主要不是为了我,但我很欣赏阿比盖尔的礼貌。我带她上楼去了旺达的房间,没有提到阿比盖尔那一长串的名字,介绍她们时只说是阿比盖尔和波多拉克太太的妹妹格雷塔。阿比盖尔喃喃地说,听到这个悲剧她很难受。

"阿比盖尔想拿走某个设备,那是属于别人的。"我说,"事实上,我想是那边那个黑箱子。也许还有堆在旁边的那些书和手册。"

"是的,"阿比盖尔说,"那些文献资料也是图利先生的。"

"你有它们的收据吗,小姐?"格雷塔说,出乎意料地从心不在焉的状态中清醒了过来。听到阿比盖尔说她带了所有的文件和一封授权她带走图利先生财产的一封信时,我同样很惊讶。格雷塔似乎明白了过来,立刻拿出眼镜检查手头上的要务,而我站在那里惊叹着双方的敏锐。我也有过家人死亡的经历,那时我也很震惊,被悲伤折磨着的人能够迅速地清醒过来,处理任何涉及他们认为是贵重物品的东西;对于死者或者债权人拥有的物品,任何索取人似乎都准备好要拿出他们所有的文件和收据。看看阿比盖尔，高效地向格雷塔解释这些文件，而格雷塔认真地检查它们，也许有人会认为她们已经预见了旺达的死亡，并且做好了准备。

我去给阿比盖尔弄了点茶来，让她们自己谈正事。

"但旺达是个虔诚的天主教徒！"当我带着新泡的茶回来给阿比盖尔时，格雷塔说。格雷塔向我求助："旺达很虔诚的，不是吗？"

"我相信她是。"我说。

"有一些老天主教徒，她的朋友，告诉我她不应该举行天主教的葬礼仪式，因为她是自杀。但我说，她很虔诚的，如果她没有得到教会的认可，神父是不会给她举行天主教葬礼的。"

"裁定是神志不清。"我说，"这是一种病，和其他病一样。这不是她的错。"

"但现在我看到她在练习巫术。"格雷塔说，"用这个装着材料的黑箱子。"

"它应该对人们有好处，"阿比盖尔说，"这不是巫术，就像我说的，是射电电子学。它应该能够治疗千里之外的人。"

"把箱子拿走，姑娘，"格雷塔说，"还有所有的书。我得把这件事告诉司祭。是的，我会受到良心的谴责的。"

我在脑海中听到了旺达的哭喊，当时我提出要和斯坦尼斯拉斯神父谈谈。那种哭喊，那种哭喊。处在疯狂状态的旺达被吓坏了。还有那天早上，当我和艾玛打电话的时候，她惊恐地猜疑："你和斯坦尼斯拉斯神父谈过了。我听到了……"她跑上楼时的哭号。"你生病是我的错吗？……你在日渐消瘦。你会死的。"她前一天说。

我决定从阿比盖尔这里搞清楚旺达在用那台射电电子学仪器做什么，或者更确切地说，她觉得她在做什么。要不是旺达显然用她那混乱的头脑想着她对我造成了一些伤害，我是无意再探究这件事的。旺达死了。威廉曾说，人们自杀的原因都是无关紧要的。但不管旺达的原因是什么，她的那些话让我不安，她把我放进了她的脑子里："你在日渐消瘦。你会死的。"事实上在那之前，我根本想不到她会专门想到我。

"别马上就走。"我对阿比盖尔说。

"不，我没准备走。我有件事要跟你说。"

于是阿比盖尔留下来,帮我们收拾旺达的各种箱子,把显然属于旺达的衣服和可能属于她顾客的衣服挑出来分开堆放。衣柜里有一套男人的衣服,一套普通的深蓝色西装。我抓住它说:"这一定是她一个顾客的。"我脑子里立即闪现出一个想法:它可能是赫克托·巴特勒特的。我记得艾玛告诉我:"赫克托一直在用最荒谬的做法不让你叫他那个名字……"

现在,手里拿着这个人的西装,我确信赫克托·巴特勒特一直在通过旺达用某种方法对我不利。伊泽贝尔把他介绍给旺达,帮他改晚礼服。"我想这一切都是从去年夏天的一天早上开始的……他在公园里遇见了你……"——我听到了艾玛·洛伊说的话。但是,旺达那时已经被赫克托·巴特勒特胁迫了,很可能被教唆了,那个愚蠢的女人。他继续利用旺达,让她透不过气来。因为我在公园里羞辱了他……这种推测在我的脑海中慢慢成形——虽然很疯狂——表现成各种形式。我填补上了细节。

阿比盖尔一直等着,直到格雷塔坐上出租车带着第一批东西离开。格雷塔打算第二天回来仔细翻翻旺达的信和文件,看看能扔掉些什么。我们已经和警察一起匆匆地翻过一遍,看看有没有任何关于旺达死亡的线索,但这些文件似乎都是旧收据,甚至是用波兰语写的更早期的信件,里面还夹杂着旧照片。

我一直很喜欢阿比盖尔·德·莫德尔·斯坦斯-奈特,她当时叫这个名字,但是现在叫阿比盖尔·威尔逊。事实证明,她那天来圣畔别墅真的主要是为了见我,只是顺便要回那个箱子。她告诉我,她要离开麦金托什-图利出版社,加入一堆新员工,办一本有趣的新杂志,叫《海格特评论》,之所以叫这个名字,是因为它的编辑——一群受到麦卡锡参议员的政治迫害的美国难民——都在海格特定居了。《海格特评论》将专门讨论文化和政治事件。他们需要一个能干的总编。"所以我想到了你,霍金斯太太。他们开的工资不多,但这可能是一份很不错的工作。你感兴趣吗?"

我的积蓄越来越少了,我觉得自己已经准备好找份新工作了。阿比盖尔答应安排我去面试。那时我本该表现得更热情的,但是我满脑子都笼罩着旺达自杀的疑团,还有对赫克托·巴特勒特牵涉其中的怀疑,我准备当晚跟威廉谈谈。如果旺达由衷地相信我是因为她施加在我身上的一些诅咒而日渐消瘦，她就完全错了。但事实是，有人希望我病到这个程度，这让我胆寒，我已经因旺达的死感到很沮丧了。

我和阿比盖尔一起坐在米莉的厨房里，想着那个尿稿人的衣服——我觉得就是他的——挂在楼上旺达的衣柜里。我只分出一半注意力在听阿比盖尔介绍公司负责人，通常我觉得这很有趣。在艾玛·洛伊告诉我之前，我就已经知道，在格林公园遇见了赫克托·巴特勒特的那个早上，在我当着他的面带着怒气说出"尿稿人"时，我就已经把他变成了我的敌人。从那以后，我因为犯下了这一罪行且屡犯不止，丢了两份工作，而我不知悔改。正相反，我把它当成了我两份工作的主要职责之一。

"对方的名字，"阿比盖尔在描述《海格特评论》的一位创始人，"叫霍华德·森德(Howard Send)。笑死人了。我叫他印度之行①，他很惊讶。当然，他就是那样，但是

①　《印度之行》(*Passage to India*)和《霍华德庄园》(*Howards End*)是英国作家爱德华·摩根·福斯特的作品。

他们经常会交到更好的朋友。"

我同意接受霍华德·森德的面试。"阿比盖尔，"我说，"告诉我关于你这个箱子的事情吧。"

"不是我的，是伊恩·图利的。他是个唯心论者，你知道的，也是个研究超自然的人，就这样了。我真为他的妻子感到可惜，因为除了这些，他还是很亲切的。"

"他是怎么联系到旺达·波多拉克的？"

"她在他的名单上，是一个普通的组织者介绍的，他本身没有这方面的技能，但是他很擅长发现有这方面技能的人，赫克托·巴特勒特，你知道的，就是艾玛·洛伊的那个依附者。他就是组织者，天哪，他不可怕吗？想象一下，他带着你的血样或者一根头发到处跑，试图找人来诊断你出了什么毛病。"

"他应该不信吧？"我说。

"真切，"阿比盖尔说，"万分真切。"

"我想象不出那个男人对什么事情是诚心的。"我说。

"但是他的操作人员取得了成果。显然，他们取得了惊人的成果。伊恩·图利收到了心怀感激的患者的来信，我看过那些信。"

"关于赫克托·巴特勒特的?"

"是的,关于他的。他们说他在这个箱子方面真是个奇才。他们不知道他没有自己去操作,但是他当然教了他的操作人员,所以从某种程度上来说,他理应得到称赞。就我个人而言,我受不了这个男人,太会逢迎讨好了,怪吓人的。"

"我想知道为什么他不坚持把射电电子学当作职业。他为什么会试着写作?"

"我觉得他是想看到自己的名字能打印出来,而且能出名。你知道他们都是怎么做的。伊恩·图利试过跟他讲道理,但他认为自己是一位伟大的评论家,有点像思想家。"

"他是个尿稿人。"我说。

阿比盖尔很高兴。"法国人,"她说,"总是会为某个东西找到恰当的词,不是吗? 这些日子你看上去特别年轻,霍金斯太太。"

"我本来年纪就不是很大。"我说。

那天晚上晚些时候,当我向威廉提出我的推测——逻辑层层推进——是那个尿稿人影响了旺达时,他劝我打消这个想法。"首先，"威廉说，"旺达衣柜里的那套蓝色西装是我的，如果你把它交给我，我会很感谢你的。这是我唯一一套体面的西装。"

威廉还说了其他一些听起来像常识的事情。我忘了是什么。但事实是，我对旺达衣柜里那套西装的主人下了一个错误的结论，这让我不确定自己对赫克托·巴特勒特与旺达之间关系的怀疑。我急着想用我的理性和智慧打动威廉。但实际上威廉是错的，而我已经接近事实了。

到五十年代中期，射电电子学在英国已经蓬勃发展。这是一种伪科学实践，始于二十世纪初期的美国。它声称可以在任何距离诊断并治愈人、动物和植物的小病小痛。它赢得了一众追随者，到今天仍然有相当多的人相信它。这是一种完全不合理的治疗方法，这么说并不是要贬低它，当然，"射电电子学"（字典里没有这个词）那一套，并不比我们的一切宗教信仰更值得嘲讽。就我个人而言，我觉得这完全是胡说八道，还辜负了实践人员多年来的顽强努力，他们用有色的液体，金属板上的一撮头发,操作人员转动的一排排旋钮,它关于额定值的胡说八道,编码指令,电磁场,它的查布拉射线和它的 L 场(寿命)、T 场(思想)、O 场(组织),还有放射性射气,试图为这个箱子的疗效建立一个科学依据。天哪! ——这个箱子跟任何科学仪器都没有关系;它不是电子的,它跟电没有关系;它没有放射物。它在美国已经名誉扫地,在英国却没有,直到今天,农民还会把农作物放在这个箱子上面,驯马师会把生病的马放在上面。

在 1955 年,我对这个箱子声称能做的事情的了解要比现在少得多。当时我对此只有两个清晰的想法,而且一直坚持我的想法。首先,它是一个古怪的活动,不一定是虚假的,因为它的实践者和追随者显然是诚心诚意。第二个完全是学术上的见解,即如果这个箱子能做好事,那么从逻辑上讲它也会做坏事。因此,如果你相信它可以保佑农作物,那么它也可以诅咒杂草。如果你相信它对你的健康有益,那么你就得相信它会对健康有害。我对任何想尝试这个箱子的人的建议是,将其视为一种体验,但不要相信它。最重要的是,不要在这上面花很多钱。

在阿比盖尔离开之前，我问她可不可以借一些她从旺达房间拿走的有关这个东西的文献资料。她借了我一本书和一本手册。我想看看自己能不能找到旺达是如何探索出她的所作所为能让我日渐消瘦的。我完全搞不懂这些晦涩难懂的话，事实上我也没花多少精力去试着了解到底什么是射电电子学。

在后来一篇出版物中，我看到这样一个说法：用头发或者血液的样本就可以在别人不知情的情况下对其进行放射治疗。成立于1960年的射电电子学协会"禁止这种做法"。但是，由于无法强制执行这样的条例，这些"禁令"毫无价值。为了唤起自己对1955年发生的事情的看法，我查阅了一些出版物，坚定了自己对这种做法的疗效的不信任。这个话题在1960年的一个著名案件中被高等法院当众提出，当时人们普遍认为，尽管这个箱子的诊断声明没有科学依据，但其实践者和追随者应该是完全真诚的。有许多医学证人说这个箱子完全就是垃圾，而有许多受人尊敬的人说并非如此。而且我敢说，从天外来客的角度来看，这个箱子不会比天主教的教理问答或者弥撒更可笑。

那天晚上晚些时候，当我回到自己真实的年轻生活时，威廉让我为自己的"日渐消瘦"开怀大笑。我想他对旺达的疯狂行为过于麻木了，但与此同时，我看到他正在努力地让我从病态反应中振作精神，他成功了。他收集了很多留声机唱片。

第二天早上，我乘地铁北线去海格特面试。在过去的一个月里，我已经受够了乘公交车经历漫长又悲惨的旅程。

阿比盖尔正等着要介绍我。

"你好，森德先生。"

"很高兴见到你，霍金斯太太。"

阿比盖尔去了另一个房间，一边等我，一边锉指甲。我得到了这份工作，前提是要从 4 月上旬，也就是下周，开始试用一个月。"你在编辑稿件的时候，霍金斯太太，你关注的是什么东西呢？"霍华德·森德说。"用于强调的感叹号和斜体，"我说，"我会把它们去掉。"不管怎么说这是一个好的回答。"假如它们的作者是阿道司·赫胥黎或者萨默塞特·毛姆呢？"他说。我告诉他，如果这些人是他的作者,他就不需要审稿的编辑了。"太对了。"他说。他指着另一张办公桌上的几堆手稿。"我们必须把那些都仔细看一遍。但它们可不是出自毛姆或者赫胥黎之手。"

他们在海格特租的是一栋高大的维多利亚式的房子,跟米莉在南肯辛顿的房子没有什么不同,只是更宽敞。我在那里的工作是我一生中最有趣和最好玩的一段经历。这种兴奋纯粹只跟事件和人有关。但是,在我夜晚清醒的那段时间,回想起海格特,在我看来那段经历是贝壳粉色的。有一部分原因可以解释。首先,霍华德·森德有一个习惯,他会把一捧一捧的花带到房子里,高大浅色的苹果花、梨花、桃花和梅花,粉白相间,形成了一种满目粉红色的效果。还有郁金香和一钵一钵的风信子,但我现在描述的,是我记忆中的一个印象,而不是一段回忆。我想起了霍华德的一个朋友,也是他的编辑搭档,弗雷德·图赫尔,穿着我见过的第一批男士粉红色衬衫。不管怎样,我看到它是贝壳粉色的。穿过门厅之后是一个很大的客厅,对面是一个相同比例的房间,是办公室。两个房间都装了弓形窗。客厅里有表面米黄色的沙发和椅子,可以陷得很深,非常舒服;办公室有一块铺满了整个地板的地毯,灰白色的墙壁,浅色的木质办公桌和书架。

而贝壳粉是作为一种大体印象浮现出来的。也许,如果我再深入研究一下这个印象就会发现,我的记忆被海格特难民团体那不温不火的政治活动染成了贝壳粉。我曾期望他们会像他们美国的敌人宣称的那样,是狂热的红色分子或者是左翼极端分子,我想到十字军一样的"左倾分子",总会联想到冷酷的面孔、阴郁的正直,联想到计划和统计资料,还会联想到他们冒着大雨,在伦敦经济学院上完夜校回家,嘴里咂巴着酸酸的雨滴。但是海格特这个团体十分富有,久经世故。他们的政治活动或多或少是自由开明的。他们就像受过教育的普通英国人一样,有品位有思想,人们不禁要问:他们怎么可能——像以前那样——被指控效忠死板的苏联人? 事实上,他们只是典型的侨居在外的美国人,在当前的汇率下有足够的钱,有学问有见识,而且在英国生活得非常自在。当时我去过的地方不多,否则我会知道有许多其他的美国人,在法国和意大利也生活得非常自在。

在我面试的那一天，霍华德·森德说："哦，谢谢你，霍金斯太太，你被录用了，有一个月的试用期。我们这里都是直呼其名的。我是霍华德。我没记错的话，你是艾格尼丝？"我说："是南希。"

"好吧，南希，下周见。你会发现要做的事情很多。"

阿比盖尔和我找了个地方吃午餐。我们决定主要聊聊自己喜欢这个工作的什么地方，然后继续谈论了一些更重要的事情，比如阿比盖尔钟情于贾尔斯·威尔逊，他在劳埃德银行工作，每个工作日的早上都要戴圆顶礼帽去上班，晚上专心管理一个小型的先锋摇滚乐队，并且当助演。他让阿比盖尔也融入他的夜间活动——她很喜欢，周末会把她带到乡下，去见他们所有的朋友，他们更喜欢那些周六晚上不会参加大型晚宴，"周日也不会让你帮忙洗碗的人"。阿比盖尔的父母离婚了。她告诉我，她的父亲和一些姐妹及堂兄弟住在一栋很大的老房子里，"当你把脚伸进门的时候，你就必须做些有用的事。整个周末你都要在外面买西红柿、蔬菜、鸡蛋，或者摘草莓，然后在家里，清理他们给你留好的餐具。所有这些都做完，这样每个人都能围坐在桌子旁,把叉子插在一个抱子甘蓝上,表达对安东尼·艾登①的赞美之情"。阿比盖尔也不愿意在贾尔斯的家里过周末,那里是一个改建过的迷人谷仓,但家里人太少了,她不能和贾尔斯睡在一起:"在一个那样的房子里,你太引人注目了。"他们打算一拿到度蜜月的钱就结婚,可能是明年。

我很喜欢阿比盖尔的这种本领,能用不合逻辑的表达来描绘她的世界,不怀敌意,没有解释或者诸多细节。

我告诉她我在找一套小公寓。

"我喜欢你在肯辛顿住的地方。"她说。

所以我告诉了她关于威廉的事,以及等他通过大学毕业考试之后,我们打算怎么组建家庭,然后结婚。她说她会留意看看有没有一套便宜的公寓。我们一起回家,一直走到骑士桥,阿比盖尔轻轻地掸了一下红围巾,跟我分开了。我觉得自己又恢复了精力,那一刻只想着我的新工作和威廉,而不是死亡,旺达的死亡。

---

① 1955—1957 年出任英国首相。

我到家的时候刚过三点，在门厅里发现了米莉的手提箱。她刚从爱尔兰回来，几乎就在旺达的妹妹出现来拿走旺达最后一堆财产的同时。我发现米莉在楼上旺达的房间里，和格雷塔在一起。

"米莉，哦，米莉。"我站在门口说。

"你也太瘦了，霍金斯太太。你还好吗？"米莉说。

"叫我南希。"我说。

"你怎么样？"

事实上，在米莉离开之前，我已经在变瘦了，但过程很慢，她没有注意到。我告诉她我感觉很好。然而，无论是当时还是后来，没有什么能从米莉的脑海中消除这样一种想法，即旺达死亡的冲击非常迅速、急剧地影响了我，让我瘦成了以前的一半。

"你知道发生了什么吗？"她对坐在窗边看着一捆照片的格雷塔说，"你知道看到这种事情发生，会如何吗？人们的头发一夜之间会变白，他们会日渐消瘦。自杀，人还是我家里的。"

格雷塔几乎没有注意到米莉的激动；她似乎对那些照片感到困惑。

我走进房间，试图让米莉冷静下来。"她的大部分东西，她的衣服，昨天都拿走了。"我说，"让我们仔细看看剩下的，然后结束吧。你想喝杯茶吗？"

"等一会儿。"米莉说，"这里还有事情要处理。"我从没见她这么激动过。她取出了一个抽屉，里面装满了看上去很旧的从五年前开始的文件、信、没有价值的账单。显然旺达喜欢囤积。"我要找的，"米莉说，"是那些匿名信中的一封。有人逼旺达自杀。"

"没错。"格雷塔说。

装满文件的抽屉被放在了旺达的床上。米莉和我一人坐在一边，米莉胡乱地用手指拨弄着那些文件。格雷塔放下她手上的一捆照片，从梳妆台上拿起另一捆。我看了一会儿，突然想到，这些东西在试着重现旺达的样子，我想到了《弗兰肯斯坦》①里的一段话，叙述者，那位科学家，在墓穴里摸索材料，想要组建出他的怪物。我找到了这一段。原文如下：

———————

① 英国作家玛丽·雪莱在 1818 年创作的长篇小说。

当我在污秽潮湿的墓穴里摸索,或者为了赋予死气沉沉的东西以生命,要折磨活生生的动物时,谁能想象我在进行这些秘密工作时感到的恐惧呢?

这是用文字强烈表达出来的情绪,但它描绘出了当我们在翻阅旺达那些令人同情的信件时,我在旺达房间里的感受。

我开始把抽屉里的东西初步排个序——这里放信,那里放明信片,在别的地方放旧账单。有办公技能的训练,我很快就排好了。有五六个小堆。然后我开始把每一堆按日期排序。"这些东西大部分都没用。"我说。

"有看到像那些匿名信的吗?"米莉说,"仔细些看。"

"没有,旺达一定把它们毁了。"

我觉得有必要谈谈旺达的优点。

"她是个很好的裁缝,"我看到一张旧收据——1 码①长的波纹丝绸只收了三个 25 分的硬币,受到了触动,"还有,她收的价钱很合理。"

---

① 3 英尺或 0.9144 米。

"是个勤劳的女人。"米莉说。

"她不该落得这样的下场。"格雷塔说。

我可以看出,米莉真的很想同意这个看法,但她的天主教信仰绝不会让她把受害者的角色归到旺达身上。她试着要说些什么,但没说。

格雷塔看着我想获得确认,然后说:"他们给她举办了一个天主教的葬礼。神志不清是一种疾病,就像任何其他疾病一样。"

米莉听到这个消息高兴了起来。"真的吗?"她说。

"什么人或者什么事让她冲昏了头脑。"我说。

"我相信是这样。"米莉说。

"真是个傻子。"格雷塔说。

"看来她不欠什么。账单都付了。"我说。

"她的房租,"格雷塔说,"她上周的房租没有付吧?——我会付的。"

"没那回事。"米莉说,"我不会碰她上周的房租钱的。那是沾了血的钱。"

在那些来往信件中,我只是在找我记忆中的第一封匿名信的笔迹,但我没有发现任何类似的。大多数信是从波兰寄来的,用波兰语写的;明信片显然是朋友在度假的时候寄来的。一个是凯特寄的,一个是我寄的。我把这一捆递给格雷塔。"你最好把这些带回家,把你不想留下的都销毁掉。"我说。

"那这些照片呢?"格雷塔说,好像在请求许可。

"都是你的。"我说,"我们可以销毁这些旧账单之类的东西。"

"我不知道该怎么解释这些照片。"格雷塔说,"有家里人的照片,我们在波兰的姐妹,我,还有我们的孩子。有叔叔和我们两个阿姨的照片。拍得很好。但是这里有一些照片,我不知道是什么。"她递给我一张明信片大小的照片,"是旺达的脸,但又不是旺达。那这个家伙是谁?"

我一下子就看出那个家伙是赫克托·巴特勒特,那个尿稿人。他站在一个女孩旁边,或者说是旺达的脸拼在了一个女孩身上,不是旺达的身体。这是一个模特女孩的身体,穿着整洁的衬衫和紧身裤。背景是一个滨海区,像马尔盖特或者拉姆斯盖特那样的地方。很明显照片是伪造的。但是没有恶意。我把它给米莉看了一眼,没有把我脑子里真正开始发生的事情告诉她,我说:"这是假的,应该是开玩笑的,旺达的头在另一个女人身上。你认得她旁边的这个男人吗?"

米莉立刻说:"是她的一个表弟。"

"什么表弟?"格雷塔说。

"那个正在为了司祭一职学习的表弟,这是他最近才得到的工作。"米莉说。

"我们没有这样一个表弟。"格雷塔说,"我之前从来没见过那个人。"

米莉惊呆了。我想她倾向于怀疑格雷塔。

"他来看过她吗?"我说。

"经常来。"米莉说,"他经常下午来陪旺达,在她收到那些信大受打击之后。"

"他不是表弟。"格雷塔说。

我说:"我从没在这里见过他。"

"哦,你出门工作了。别忘了,他必须在五点回到神学院。他肯定没有什么害人之处。"米莉说。

"没有这样一个表弟。"格雷塔说。

"她告诉我他是她的表弟,一个学生司祭。"米莉很激动。

"应该是开玩笑的。"我说,"就像这张照片。一个没有恶意的玩笑。"

"一个玩笑!"格雷塔说,"再看看这些照片。"

其他的照片同样没有恶意,旺达和赫克托在街上,旺达还是她正常矮胖的外貌,但是赫克托的脸被强加在另一个人身上,一个矮个子男人。有一张野餐的照片,旺达和赫克托·巴特勒特都假装摆出一个优雅的姿势,他们在现实生活中不可能做出这样的姿势。我从格雷塔那里拿过照片,然后仔细地看了一遍。我发现了五张明显伪造的。然后我找到了一张没有旺达的。上面是赫克托·巴特勒特和一个矮个子男人侧身站着。他们在一条湖上喂鸭子,我认不出是哪条湖。我想自己隐约认出了那个侧身的男人,但当时没有对上号。

我把所有的照片都翻了过来,看看背面有没有写什么,但是什么也没发现,我把它们还给了格雷塔。

"拿走吧。"我说。

"真是个谜。"格雷塔说。

"真想不到他骗了我。"米莉说,"我以为他是神学院的学生。"

我忙从衣柜顶上拿了个手提箱，以便把旺达最后的东西打包好。我想摆脱格雷塔，但我知道自己的想法过些时候就会成形，也许就在我清醒着的夜晚。我们把旺达的信件单独打包了；我们在手提箱里塞满了旺达顾客的东西，格雷塔安排把这些留给伦敦的一个朋友，还把地址给了米莉。我们把旧账单堆起来，准备扔掉。一些抽屉里还有各种乱七八糟的、没有用的零碎东西和旧纸片。"交给我就行了，"米莉说，"我明天会把它们全都清理干净。"

她带格雷塔下楼喝杯茶。我们叫了辆出租车，把她送走了。米莉长途跋涉之后很累了，也对这进入她生命中的灾难感到痛苦。"我想知道那家伙为什么说是她的表弟，一个学生司祭……"

"暂时别想了，米莉。"我说，"明天早上你会感觉好些的。我也一样。"我很难过，因为关于旺达死亡的最新困惑让我在之后的下午没有心思去想我未来新工作的幸福，以及阿比盖尔和贾尔斯的美丽故事——对我来说似乎是——他戴着圆顶礼帽去劳埃德银行工作，晚上去管理他的摇滚乐队。我想要一套公寓,就和威廉两个人分享。事实上,我厌倦了做霍金斯太太。我想用新的好身材做南希。

电话响起的时候,格雷塔的出租车刚开走不久。我们刚祝她回家旅途愉快。我们告诉她不要担心。我正要让米莉坐下来给她喝杯酒。

我接了电话。"霍金斯太太,我想知道你这周哪晚有空吃晚餐,或许周五或者周六? 我想听你对伊泽贝尔的事的建议。她搬进新公寓遇到了麻烦。窗帘什么的。另外,你和我,我们可以共度欢乐的时光,如果你……"

"不,莱德勒先生,不可能的。"

你的建议,霍金斯太太……我还是霍金斯太太吗? 我的脸叠加在另一个女人身上,就像照片里的旺达一样。

那天晚上晚些时候,我们都因为旺达清醒着;房客们聚集在厨房里围着米莉,欢迎她回家,陪着她,告诉她这些惊人的事情的经过;她不在的时候,伊泽贝尔怀了孕,离开了这栋房子,旺达跳进了运河。似乎有必要表现出一种团结。

关于伊泽贝尔的消息并没有让米莉感到很震惊,特

219

别是她已经离开了房子。

"她父亲太纵容她了。你能指望什么?"米莉说,"但我没想到旺达·波多拉克会这样。"她不止一次这么说,好像自杀和未婚生子同样都是灾难。但是,我深深地知道,对于旺达的死亡,她比自己能表达出来的要不安得多。"我不相信旺达会这样……"我耳边响起了传说中爱丁堡那位女房东对十九世纪的氯仿先驱詹姆斯·辛普森——他在自己身上做实验,被发现倒在房间地板上失去了知觉,人们以为他喝醉了——的谴责:"我没想到你会这样,辛普森先生。"

我们都是要工作的人,没有人记得曾经看到过赫克托·巴特勒特,他这个旺达的表弟挑选特定的时间来访,我想是为了避开我们。"我以为他是个年轻的绅士。我之前从来没怀疑过旺达。"米莉说。我意识到她现在以为他是旺达的情人。或许他是。就我而言,我对他保持沉默。我没有说他的名字、他的身份,也没说我在照片上认出了他。我坐在那里,旁边是威廉、凯特、卡林夫妇。做零工的特温尼先生和他的妻子顺道来拜访,欢迎米莉,也对旺达的命运发表了让人惊叹的言论。奇怪的是,每个人都记得当他们听到旺达的死亡消息时,自己在做什么,还向米莉描述了那一刻。凯特给警察开了门:"这是波多拉克太太住的地方吗?"凯特描述了当她带他们上楼,敲卡林夫妇房间的门时的感受。卡林夫妇回忆起他们都惊呆了,巴兹尔·卡林还因为妻子脸色煞白叫了威廉来帮忙。特温尼先生从街上的某个人那里听到了这个消息,"然后我回家了,然后我告诉我太太坐下放松,然后我告诉了她这个消息"。威廉说他当然很害怕,"但是你见惯了人们在事故发生后被送进医院的情形,你不会太往心里去"。所有这些证词都帮助了米莉。我没能做出很大的贡献。当我听到这个消息的时候,我的脑子并不是很清楚自己在做什么。"我浑身湿透地回了家,"我说,"发现警察在楼上旺达的房间里。"但我真的在想,当她跳下去的那一刻,我正在做什么:和艾玛·洛伊在格罗夫纳豪斯酒店里,讨论着赫克托·巴特勒特,手提包里放着斯坦尼斯拉斯神父的电话号码。

在团聚的过程中,又有电话打来让我接。是伊泽贝尔·莱德勒。她想让我为她做点什么,不过我完全忘记了是什么。但我仍然能听到两句清晰又自信的话。"我知道我可以依靠你，霍金斯太太。"（哦，你可以吗？我想。）"你不会让我失望的，我知道的，霍金斯太太。"（哦，我不会吗？）无论她想要我办什么差事或者帮什么忙，无论我有没有答应，我都没有做。

夜里我清醒地躺着，眼前又浮现出赫克托·巴特勒特和旺达那些怪异的照片。我很容易就想到，那个和赫克托一起侧身出现的矮个子男人是谁：形容枯槁的弗拉基米尔，过去常在麦金托什-图利的办公室附近闲逛。他是假的白俄罗斯人，拿着充满怨恨的相机，制作出旺达那些伪造照片，正是他能力范围内的事情。我想知道她为什么留着它们，而且我想很可能还有其他的照片，可能是旺达的脸装在一个摆了色情姿势的身体上，她害怕地毁掉了，或者有人拿这个照片给她看，以此胁迫她。这是我永远也无法证实的假设了。在拼凑赫克托·巴特勒特参与旺达自杀事件的拼图时，我无法确切地解释那些可悲的伪造照片，我只记得那天我从海格特回来，当我们看到旺达房间里的一捆捆照片时，格雷塔的困惑和米莉的瞠目结舌。我开始从新的角度来想旺达。艾玛·洛伊的故事，再加上我和威廉的新恋情，开阔了我的眼界。我注意到坠入爱河的人和有秘密恋情的人比那些没有这些的人更能意识到别人身上的性潜力。在我第一个丈夫死后的这些年里,当我没有坠入爱河时,我没有想过自己认识的一些人可能会跟情爱有关,除非他们真的告诉我自己有,或者订婚了。对于我在日复一日工作的办公室里认识的那些人,我真正了解什么? 我对凯特了解多少? 或者对伊泽贝尔呢? 也许她爱上了一个人,但并不是她孩子的父亲。我对旺达了解多少?

我想起了那一天,在她长时间可怕的哭喊之后,米莉和我跑上楼,去了旺达的房间,发现她在床上;我一下子注意到——也许注意得还不够——金发披肩的她看上去是多么迷人,多么值得和她睡一觉。当时我自己没有情人,我看到了,但也没有看到。我曾想过旺达是丰腴的波兰裁缝,她的生活都是教堂、朋友和敌人,圣母玛利亚、连续九天的祷告和来试衣服的淑女们。我最不会想到的是她可能有个情人。

我现在想到了这件事,然后我就把赫克托·巴特勒特当作心理案件和危险案件来看待。一个孤独的中年寡妇,赫克托·巴特勒特老套地让自己慢慢融入她的生活和感情,迷惑又胁迫那个愚蠢的女人,为了迫使她操作那个荒谬的箱子。这样的闹剧有可能吗?我觉得有。上了年纪的女人每天都被无情的男人诱惑。从那时起,我就一直看到这种情况发生在十分聪慧的女人身上。我认识一个在意大利度假的女医生,她在特莱维喷泉①被一个自称是航空公司高管的男人引诱了,钱被偷了;这本不重要,但她放在了心上。我还知道一个女监狱长爱上了一个囚犯,他因谋杀妻子服刑;这本不重要,但她丢了工作。旺达有什么机会?她能怎么保护自己?

第二天早上,就在我想着自己在宁静的夜晚形成的想法可能太疯狂的时候,米莉上楼来到了我的房间。

"我一直在清理旺达的房间,然后我在床垫下发现了这些。"米莉说。

有两个剪报,一个很小,一个长些,还有三个很小的、起皱的信封。我先看了信封,因为其中一个信封上写着"豪肯斯",我觉得是旺达在拼我的名字。另外两个信封上分别写着"斯托克"和"阿瑟比"。我一直没找到后面两

---

① 罗马的著名景点。

个名字是谁。每个信封里都是一小撮剪下来的头发，用一根线整齐地绑着。"豪肯斯"的头发似乎就是我自己的，但我此刻想不到旺达是怎么拿到的。

"她用头发操作一个很愚蠢的箱子，说是为了治疗病人。"我对米莉说。

"这让我很不舒服。"米莉说。她坐下来，把剪报递给我。"看看这些。"米莉说。

我的编辑训练让我先是不自觉地看了一下这些剪报是从什么报纸上剪下来的。没有任何迹象。剪报上没有打印好或者写好的名字和日期。每个剪报的背面都是一个粗略印刷的新闻，都是些杂乱无章、不知所云的碎片，就像出现在所有剪报背面的东西一样。但这做得很不专业。

小的那张很可能是从一个私人广告栏上剪下来的。上面写着："南肯辛顿女裁缝，专业裁衣，旺达·波多拉克，致电随时试衣。"后面跟着我们的电话号码。

长些的那张显然是条新闻，标题是《波兰女裁缝接受调查》。上面这样写道：

警方正在调查一位波兰女士的活动,她定居我国,总部在肯辛顿,经常在本报纸的私人广告栏上刊登广告。其私人信息总是以下文这样表面无害的话语出现。[又重复了一遍小剪报上的私人广告。]

但这则信息背后隐藏着什么?所谈的这位女士,南肯辛顿圣畔别墅 14 栋的旺达·波多拉克太太,在一次采访中解释说:"我只是想帮助别人。我的这些活动没有任何恶意。我没有想通过射电电子学施展巫术,或者改变我顾客的性格。我没有在他们来试衣服的时候剪下他们的头发。我是一个真诚的裁缝,也是一个虔诚的天主教徒。"

警方否认他们在立案调查一名年轻女士,她住在圣畔别墅那栋体面的维多利亚式房子里("女裁缝"操作机器的地方),在接受波多拉克太太的射电电子学治疗后,体重开始神秘下降。"如果所谈的这位年轻女士抱怨说自己日渐消瘦,"警方发言人说,"我们不知道这一点,如果我们知道,我们会建议她去看医生。"不过,发言人承认,他们正在调查可能发生在圣畔别墅 14 栋的一桩"敲诈勒索"案件。

"报纸上写的,"米莉说,"真不要脸。你怎么想的?"

我说:"这些不是真正的剪报。都是伪造的。老实说,米莉,它们从未出现在任何报纸上。那个扮成旺达表弟的男人编造了这些来捉弄她。我碰巧知道他在哪里专门印的这些东西。诺丁山一个叫威尔斯的先生,一家相当好的印刷厂。我带你去,我相信他会承认的。"

我确实带着米莉和剪报去见了威尔斯先生,他也确实承认了这些是赫克托·巴特勒特专门要求印的一部分。但是,即使我不知道赫克托·巴特勒特在伪造剪报,我也不会被这些纸片给骗了。威尔斯先生不是一个很出色的艺术家,没办法复制出一份剪报,能让处理过它们的人觉得是真实的。威尔斯先生担心他的行为会让米莉心烦意乱。我们谈话时,凯茜在他的办公室外面徘徊。

"这些东西有备份吗?"我说。

"没有,我每个只印了一份。很贵的,但他付了钱。我能问问他用这些东西来干什么吗?"

"就是开个玩笑。"我说,"把它们都撕碎吧。"于是我们当场就把它们撕碎了。

"这个玩笑太糟糕了。"米莉说,"还提到了我的房子。"

我们和凯茜一起去喝茶,米莉高兴了起来,她每次认识新的人就会这样。凯茜一直在说满怀诡计的赫克托·巴特勒特很危险,威尔斯先生受骗了,但他没有恶意。

"你觉得,"米莉说,"剪报上这些东西就把旺达逼死了吗?"

我倾向于这么想。但我该怎么向米莉解释这种恶毒?我相信赫克托·巴特勒特对旺达施加了各种压力。在我之前,他用恐吓、性、爱的信仰、威胁曝光来诱使她操作那个箱子,来对付过别人吗?我的罪行是当着他的面叫他尿稿人。我打算再这样做一次。

"非常无关紧要的动机……"威廉谈到自杀时都会这么说,"通常都是一些非常无关紧要的东西……"我想,如果我们把我们的故事、剪报和几撮头发交给警察,他们可能会象征性地做些事情,比如盘问赫克托·巴特勒特。但他只需要解释一下这是个玩笑。无论如何,我不会再让米莉和她的圣畔别墅 14 栋卷入这种混乱不安。旺达死了。当然,她神志不清了。我为没能及时让神父来见她感到很懊悔。

六点以后,在坐公交车回家的路上,我想起了旺达是怎么帮我把一件圆领连衣裙改低,变得更时尚的。一下又一下,她的剪刀在我脖子周围打转,用裁缝那种专业的手法剪成了 V 形。她一定就是这么弄到我的头发的。

意识到这一点,我突然有点幽闭恐惧。我对米莉说:"我新找了份工作,下周开始。我们还有整整三天。我们明天去巴黎吧。"

米莉从来没有"出过国"。但就好像我刚才说的是,"我们明天去看电影吧"。她用那双蓝眼睛看向我。"好。"她说。

十三

如果你碰上了很多麻烦,去巴黎待几天是个不错的选择,这是我给除巴黎人以外的所有人的建议。

米莉不管在哪里都像在家一样,到了巴黎也像在家一样,我们一到旅馆,她就发现自己责无旁贷地要照顾一个女孩,她当时在门厅流产了。虽然米莉不懂法语,但不知道她用了什么方法,她让门卫、行李员、女仆,还有我左右奔忙,飞快地拿来毯子、毛巾、水、拖把和水桶,叫了医生,还拿了杯白兰地。米莉脱掉外套。她把衬衫的袖口卷了起来。她安排了两把椅子当作睡椅,让那个女孩躺在上面。她把门厅里的无关人员都清走了。医生到了,救护车来了。大约二十分钟就搞定了。米莉把袖口放了下来,然后在旅馆的登记簿上签了字。

我想起那三天的旅行,就觉得是米莉的巴黎,因为它跟我所知的任何其他巴黎之行完全不同;之前都是凯旋门、镀金的圣女贞德像、埃菲尔铁塔、杜伊勒里宫和蒙娜丽莎。现在,米莉发表评论——蒙娜丽莎是"特温尼太太的形象",对这一评论,我先是感到惊讶,然后便深深叹服,因为我们那位做杂活的邻居的妻子特温尼太太,确实跟蒙娜丽莎有着明显的相似之处;我觉得很诧异,我从来没有想过这一点,然后我认定,把各个想法联系在一起的这种聪明的做法遮掩、抹杀了我们识人辨物的自然天赋。从那时起,我养成了一种更善于观察的习惯,有时我会在一副肖像中看到我认识或者见过的人的特征,但它和我认识的人没有其他任何关系。毕加索笔下一位杂技演员的脸看上去很明显就像是米莉六十多岁的样子。马蒂斯的许多画都很像阿比盖尔。莫斯塔特《崇拜》中的东方三博士①中的一个在我的脑海中萦绕了好几天，直到我突然想到他的形象就是那个穿着雨衣的人，他被阿尔斯沃特出版社的一位债权人雇佣站在外面盯着办公室的窗户，希望能让公司难堪，然后付款。凯茜的形象出现在德加的一幅家庭肖像里。普拉多博物馆里丢勒的自画像，虽然有胡子，但不管是长相还是表情，那张脸都很像麦金托什-图利出版社的那位董事，她的家庭悲剧给自己的生活蒙上了阴影。在伦敦国家美术馆里，伦勃朗的妻子被打扮成"花神"，这位美丽女人的脸跟赫克托·巴特勒特，那个尿稿人，有着强烈的相似之处，就像他在二十世纪五十年代的样子。我在餐厅的一面墙上看到了一位平静、骄傲、高贵的祖先肖像，可能是那个可怜的梅布尔——负责包装的帕特里克那位发疯的妻子——的双胞胎兄弟。我想给希望通过脸来给人分类的那些人一个建议，那就是无法透过面相来确定人的性格、智力或在时代和社会

---

① 《圣经》中的人物，带着礼物朝拜耶稣圣婴。

231

中的地位。

米莉在巴黎买了一顶用花装饰的蓝色无边女帽，帽顶很高，她往里面塞了几瓶香水，回来的时候戴着它成功地过了海关。

威廉还有几个月就要毕业考了，十分有望能在伦敦的一家大型综合医院找到一份为期一年的工作。我们决定找一套公寓，但要等到他真的拿到学位，找到工作，再结婚。但我们很少有时间认真地找公寓。我在海格特的新工作需要长时间通勤，而且不像大型正规机构的员工在固定的时间上下班，有时不知为什么，我甚至会被这些更随和、更亲近的雇主要求加班。

的确，阿比盖尔和我，正如我们之前所想的，可以做我们喜欢的工作。我们都做了些杂七杂八的事情，我主要做编辑的工作，阿比盖尔做秘书的工作。我看了手稿，然后附上接收或者拒绝的建议，把它们交给霍华德·森德或者弗雷德·图赫尔。如果它们被接受了，我就再审读一遍，提出各种各样的建议，从标点符号、风格的修改到完全重写。《海格特评论》当时是众所周知的，现在还在被引用,但鉴于有些后来的读者没有见证过它的繁荣,还有些读者从未听说过它,我回想了一下这几个月以来刊物中的一些话题:氢弹与世界科学家的和平呼吁、原子站问题以及核爆炸实验的暂停、亚非会议报告、通用版权法、大城市无烟区的必要性、德国加入北约、维也纳国家歌剧院重新开放、重审反天主教的国教教徒、超感官知觉。然后有一个文学板块,是关于巴勃罗·聂鲁达、让-保罗·萨特、托马斯·曼和欧内斯特·海明威的文集。还有一个艺术和音乐版块。每期都会留出空间登两三首诗。

霍华德和弗雷德一天中的大部分时间都在讨论这些文章,制订策略,还有在很大的客厅的花丛中跟那些经常来访的人交谈,主要是那些文集的作者。阿比盖尔的工作,除了她很擅长的撰写和打出信件之外,还包括在霍华德和弗雷德周末外出时为他们收拾手提箱,检查他们洗好的衣服,还有煮咖啡。我的工作,除了编辑之外,还包括在没多少时间吃午餐时煎蛋卷,做沙拉。

阿比盖尔和我经常会私下讨论我们所谓的"小伙子们"。她说,就她而言,她发现为同性恋者工作比为异性恋者工作更容易。"没有私人的麻烦纠葛。"她说。

当我们走进房间时，小伙子们通常会起身，除非他们真的被工作或者来电淹没了，这给我们留下了深刻的印象。"那是美国人的还是同性恋的风格？"阿比盖尔想知道。不管怎样，我说，我觉得我们应该告诉他们没有必要这样。

"不，别那样做，"阿比盖尔说，"我喜欢。想想我被拉扯大的方式，这多让人耳目一新啊。"眼下我打算在桑奇街过周末，阿比盖尔就是在那个庄严的地方被拉扯大的。的确，当你走进房间时，男人们咕哝着，继续看报纸，有时挪挪屁股，稍微拖着脚表示知道了。据阿比盖尔说，当她进去宣布她要嫁给贾尔斯·威尔逊的时候，他们只是继续咕哝着。

阿比盖尔开着她买的一辆奥斯汀小汽车去工作。但我不得不每天早上七点四十五分就从圣畔别墅出发，而且很少在晚上八点半之前回家。尽管如此，我的生活正在变得越来越好，更好的是，在我加入《海格特评论》之后的第三周，霍华德·森德让我在报纸上登个广告，有套地下室公寓招租。

"你是说,"我说,"地下室空着,就在这栋房子里?"

这儿有个地下室公寓空着,而且在我们力所能及的范围内。"我在给我男朋友威廉和自己找一套公寓。"我说。

我打电话给威廉,那天晚上他来看了公寓。天色不是太黑,窗户有一部分比街面要高。还有一个住户,托马斯太太,负责房子的卫生打扫和采购。"她会共用一些设施。"霍华德解释说,他指的是浴室。"英国房子的问题,就是设施太少了。"他说。但是这种共享就意味着我们的三个房间非常便宜;我们有一个客厅、一个卧室和一个厨房。通勤的额外负担就交给威廉了,而不是我。我认为这很公平,但说出的话比我原本预想的更不好听。威廉似乎不介意这种态度。实际上这让他很开心。

为了达成协议,我们跟霍华德和弗雷德一起出去吃了晚餐。听到威廉差不多算是一名医生的时候,小伙子们被迷住了,在整个晚餐期间不失时机地就他们的各种小病进行咨询。威廉也不失时机地把话题转到了音乐上,提到了他在《海格特评论》前两期中看到的音乐文章。

米莉知道我为什么要离开南肯辛顿。但她假装不知道。我答应每周日都来看她,她很高兴。她说:"这对你的健康更好，南希。整天长时间坐地铁通勤。如果威廉陪着你，就更好了。可怕的是伊泽贝尔会来这里咨询他，关于如何成为一名母亲，坐在他的房间里，让他没法学习。"

伊泽贝尔的新公寓离克伦威尔路不远。在过去的两周里，当我晚上回到家的时候，经常会看到她坐在威廉的床上说话。我知道他通常会把她赶出去，因为他正在努力学习，准备毕业考。但我很气愤，因为她一刻也没有想过我会成为——我现在已经是了——他生活的一部分，就算她意识到这一点，她也不会在意。她继续思考、说话和行动，就像把我当成母亲一样，就她而言她错了。做母亲，我想，是她的角色。

这份工作的一个特权——让威廉和我的生活变得更好——就是在 1955 年的春天，我们偶尔会拿到音乐会的门票。威廉给《海格特评论》写了几篇短文，是用他坐地铁的时间写的。我恳求负责这个版块的弗雷德·图赫尔，不要仅仅因为威廉是我的男朋友就接收这些作品，但他向我保证威廉逻辑很清晰，而且十分内行。弗雷德还说了威廉很多其他的优点，弗雷德说话就像海洋一样，在潮起潮落中，每句话的结尾都是一个大波浪，把主要的想法冲上岸。所以你根本不必听太多,只要等着最后的大水花就行。因此,从他冗长又波澜起伏的颂词中,我可以向威廉报告,他的音乐批评逻辑清晰,十分内行。

"很高兴杰西们同意了。"威廉说。"杰西们"是他给小伙子们起的名字。

如果在1955年的初春,你去威格莫尔音乐厅、节日音乐厅、阿尔伯特音乐厅和伦敦小型的独奏厅以及莎德勒威尔斯剧院和皇家歌剧院听音乐会,你一定会看到十分激动、衣着随便的年轻夫妇和成群的满脸热切的年轻人,有时在寒冷的夜晚会戴着羊毛手套,裹着围巾,排队买便宜的座位,或者在休息厅闲逛。我和威廉就在其中。当我们没有从《海格特评论》那里拿到票的时候,我们就会去买票。莎德勒威尔斯剧院的《唐乔凡尼》[①];奥托·克伦佩勒指挥爱乐管弦乐团,演奏莫扎特和布鲁克纳的作品;红狮广场的康威大厅,一个不知名的弦乐四重奏乐团给我们演奏了蒂皮特、德沃夏克和贝多芬的作品;莎德勒威尔斯剧院的《达佛涅斯和克洛伊》;威格莫尔音乐厅

---

① *Don Giovanni*,由莫扎特作曲的二幕歌剧。

里，布里顿①的《圣歌》（前三首）；我还记得在艺术委员会举办的一场迷人的钢琴曲独奏会，尽管不是有名的演奏者；莎德勒威尔斯剧院的《茶花女》。

"你信什么教吗，威廉？"

"不信，我不信这种该死的东西。"

"我没法不信。"我说。

"呃，你可以继续信，信两个，就像孕妇吃两人份那样。"

我确信威廉是我一生的挚爱。就他而言，他表现得就好像我们两个人的未来是一起的，这是毋庸置疑的。回首往事，即使在那时，拥有这一确定的领域也是好的，而这一点实际上从未动摇过。

因为楼上亲切、博学、彬彬有礼的小伙子们的不育恋情，我们在海格特地下室的恋情不可思议地增进了。有时他们会下来跟我们一起喝一杯或者吃晚饭，总是想要咨询威廉一些医疗问题。"当然我还没合格，"威廉说，"我还没有完全从业。"

威廉以前是个穷小子。他的出身不仅仅是工人阶

---

① 本杰明·布里顿，英国作曲家、指挥家、钢琴家。

级,他们有自己的骄傲和干净的习惯,经常去做礼拜。威廉不算是个完全的穷人。他现在由奖学金和助学金打造,他出生在一个极度贫困和悲惨的贫民区,非凡的大脑让他从那里走出来,毫不费力,也没有过多的解释。很自然,当时好一些的文法学校和学院要收下他做学生也是很正常的事情,之后他可以凭着补助金和奖学金前往国外的大学,进入他选择的行业。他现在二十八岁,已经是个轻松幽默又有教养的人了。最让我感动和惊讶的是,他不知道童谣和神话故事。他读过陀思妥耶夫斯基和普鲁斯特的作品,他读过亚里士多德和索福克勒斯希腊语的作品。他读过乔叟和斯宾塞的作品。他有音乐天赋。他可以剖析肖斯塔科维奇和巴托克。他会引用叔本华的话。但他不知道矮胖子①、小玛菲特小姐②、三只小熊、小红帽。他知道灰姑娘的故事,还是因为罗西尼的歌剧③。我们盎格鲁-撒克逊人童年时期所有悦耳的抒情歌谣,手

---

① Humpty Dumpty,儿歌集《鹅妈妈童谣》(*Mother Goose*)中的人物,该歌谣集古老且残酷,有许多恐怖血腥的故事。

② Little Miss Muffet,同上。

③ 指焦阿基诺·安东尼奥·罗西尼创作的二幕歌剧《灰姑娘》(*La Cenerentola*)。

上戴着戒指、脚上戴着铃铛的整个文化，他完全没有体会过，他的幼年只有贫民区和发臭的排水沟、老鼠和当铺、街头妓女、咒骂、破布和刺耳的干咳、冰冷的赤脚，没有白马王子，在第一次和第二次世界大战之间的岁月里，这仍然是许多真正穷人的命运。我以前从来没有意识到，城市中那些非常贫穷的人是如何不可避免地被剥夺了他们自己童年简单的民间传说。晚上，我经常给威廉唱童谣。我给他讲神话故事。偶尔其中会有一个让他模糊地回忆起以前不知什么时候听过的一些东西。但大多数对他来说都是全新的。它们是我们恋情的一部分。

我觉得每一天，赫克托·巴特勒特都有可能出现在海格特的办公室里，如果你能把这种贝壳粉覆盖的装饰和花卉布置称为办公室的话。虽然我们不走寻常路，但这本杂志现在已经足够重要了，它的编辑们的个性足够吸引那些没有预约的访客，他们通常还会带来一些文集或者诗歌的手稿。如果霍华德和弗雷德都没空，我和阿比盖尔会给这些客人一杯咖啡，听他们说半个小时。有时，会出现一些我在以前的工作中遇到的人，这就迫使我把办公桌上越堆越多的作品放在一边，谈论着跟以前一样的事情。我保证会提醒编辑注意他们的作品，而阿比盖尔咔嗒咔嗒地忙着处理一堆信件。有时我们会觉得十分好玩。一个有趣的女孩几乎每周都会露面，穿着不同的服装：有一周她是个挤奶女工，有一周她是个骑兵军官。不过，她说的都是一样的话，十分平静，一直都是这样。虽然她没能让自己的诗歌登上《海格特评论》，但多年后，她写了一出成功的戏剧，我对此并不惊讶。

还有的人来谈论宗教，谈到他们英国国教高教会派①的静修，谈到三十九条信纲②。当时的英国国教高教会派运动③正在如火如荼地讨论一个特殊的话题：他们应不应该"去罗马"。我自己经常出入两个教堂，看哪个适合我就去哪个。当我向海格特那群虔诚的知识分子揭露这一事实时，总是会导致冗长又有趣的讨论，但是跟基督教信仰没有任何关系。

---

① 英国国教中的一种传统信仰，教义和礼拜与天主教相近，产生于19世纪三四十年代的牛津运动。
② 英国国教的信仰纲要，一般而言，这些信纲既反对极端罗马派又反对极端再洗礼派。
③ 强调英国国教教会的天主教而非新教传统。

春天就这么过去了。手稿堆在我的办公桌上,信堆在阿比盖尔的办公桌上,远远超过了她的能力范围。我早上会帮她打开邮件。似乎是那些写给霍华德·森德或者弗雷德·图赫尔的非紧急或私人信件让阿比盖尔感到困扰,不是因为她找不到话要对写信的人说,而是因为太多了。弗雷德告诉她,给每个人回信会显得很"亲切",无论那个人是多么绝望或者愚蠢。于是,我叫阿比盖尔用一种方法,就是每隔三个月答复一批。这也是我给每个有太多无关紧要的信件要处理的人的建议,就用一些公司分红的方式来对待它们。圣诞节前收到的邮件应该在报喜节①之前回复,下一堆该在仲夏节②之前回复,下一堆是秋季学期③之前,最后是圣诞节之前。这是唯一合适的制度。

一天早上,邮差拿着一份手稿,有一封赫克托·巴特勒特的附信,里面还有艾玛·洛伊的推荐信。"是那个尿稿人写的散文。"阿比盖尔说。

---

① Lady Day,3 月 25 日。
② Midsummer Day,6 月 24 日。
③ 米迦勒节(9 月 29 日)前后。

"我等会儿再看。"我说。阿比盖尔要把那个很大的开了口的信封放在我桌上的那堆手稿上面,信封里是一份打字稿和艾玛·洛伊的信。但是,好像接触了它就会被感染一样,我把它从阿比盖尔手里拿走,单独放在了桌上的一个地方。我毫无道理地恨透了赫克托·巴特勒特,不过只要仔细想想就能发现我的这种感觉是合理的。

艾玛·洛伊的附信是从纽约寄来的,她感谢弗雷德·图赫尔寄给她一本《海格特评论》——显然他寄给她是希望能说服她为杂志写点东西。"我觉得它相当有趣,特别是因为这里买不到。"艾玛写道,"请放心,如果我有什么适合出版的东西,我会寄给你的。"

现在,我记不清这封信里的每个字了,时间太久远。但是艾玛接下来写的大概是这样的:

借此机会,我向你推荐评论家赫克托·巴特勒特的一篇文章,会随信附上。在射电电子学这个特殊的主题下,它描述了超感官知觉领域的一个权威实验以及只有内行人懂的那种性质的实践。虽然我自己不是射电电子学的狂热拥护者，但是巴特勒特先生，一个深信不疑的追随者，也是射电电子学活动的学者，描述了一个真实的实验，其结果是不容忽视的。

在许多方面，赫克托·巴特勒特可以被描述为"穷人的克尔凯郭尔"。

这篇文章本身可能需要编辑用点心，但它的主旨，我认为，值得你关注。

您最真诚的朋友，

艾玛·洛伊

在遥远的 1955 年的那一刻我对艾玛·洛依的感受，已经被后来的思考所覆盖，我知道在她成名的那些年里，她是如何不断地被赫克托·巴特勒特写的关于她的作品所骚扰的，他讲述了自己刚认识艾玛·洛伊时她的样子，写了一堆谎言、大肆吹嘘、耸人听闻的曝光文章，以及可悲、虚构的故事。因为当她终于把他从她的生活中清除时，他很生气。当这件事发生的时候，没有人太注意赫克托·巴特勒特说的话。艾玛不起诉、不阻止、不和律师浪费时间是对的。"我相信这是他想要的，"艾玛说，"这会吸引大家对他的注意。"但当看到赫克托·巴特勒特关于自己的话被不知情的学生当作权威引用时,艾玛·洛伊很生气。而且我想她知道,她只能怪自己,因为她早些年坚持要试着把他推销出去,安抚他的情绪。她这样做时已经有了让他变得跟自己一样,从而更轻易地摆脱他这个想法了。这太不合常理了。说得再明白一点,她比任何人都清楚,他就是我说的尿稿人。

所以,当时我对艾玛的推荐信感到很愤怒。不过那篇长达十页的可怕文章——尽管从文学的角度看不宜发表,而且从一本好杂志的一般意义上来说,也没什么价值——让我非常着迷,让我不寒而栗,以至于我那一整天都没能想到其他事情。同样,阿比盖尔也很惊讶。

它的标题是《射电电子学:一种战胜邪恶的力量》。它简要地解释了箱子的工作原理和疗效,介绍了其发展史。然后就是病例史,也是该文的主旨。赫克托·巴特勒特的说法是,箱子的有效性取决于操作员的灵敏度和精神技能。在组织者(Organisers,他是这么拼写的)的指导下,这些操作员能保持最佳状态。他接着描述说,有一个组织者,知道一个邪恶的女人,于是诱使一个有技能天赋的操作员通过射电电子学的手段去诅咒这个邪恶的人。既然诅咒的受害者是邪恶的,组织者诱使操作员——一个"拥有其信仰的所有精神能量"的虔诚天主教徒——来实施这个诅咒,就是一个仁慈的成就。在几个月的治疗过程中,这个邪恶的受害者,一个极度肥胖的女人,开始日渐消瘦,也没能保住工作。

这篇文章解释说,在整个实验过程中,组织者必须与操作员进行非常亲密、密切的合作,其中会涉及"一种所谓的性-精神关系"。但实验是成功的。在这个案例中,操作员显然由于对司祭和她在天主教徒中的声誉的恐惧,力量有所减弱,不得不退出这个计划,而且——顺便提一句——最后疯了,自杀了。但这绝不会影响这项实验几个月来取得的明显成功,操作员逐渐被组织者完全控制。对未来的实验来说,建议最好选择不受大众宗教压迫影响的操作员。

"他一定是在说旺达·波多拉克,"阿比盖尔说,"那个可怜的胖女人是谁?"

"我。"我说。

"我怎么不记得你有多胖?"

"我刚去麦金托什-图利出版社的时候很胖。过了一段时间我就开始减肥了。"

"对,现在我记起来了,"阿比盖尔说,"那时候我没这么了解你。"

她知道我总是吃很少,但没有想到那与我现在的正常体型有什么关联。

"如果是你的话,他为什么觉得你是邪恶的?"

"因为去年有一天早上我在公园里遇到了他,当时他缠着我为他的事业做点什么,然后我当着他的面叫了他尿稿人。"

"他精神不正常。"阿比盖尔说。

"我知道,但是旺达已经死了。"我说。

那天晚上,我把艾玛·洛伊的信和那篇文章带到了我们的地下室公寓给威廉看。

威廉一直对我对赫克托·巴特勒特的仇恨持保留态度。我想,他觉得这太主观了。可能威廉想要我把所有强烈的感情,不管是哪一种,都留给他自己。不久前,我耐心地告诉他,我确信赫克托和旺达的死亡之间存在着联系,逻辑关联。"我出去上班的时候,他总是会来家里。

我想他跟她睡了。他教她在他的影响下操作那个箱子，还诱使她操作那个箱子来对付我。"我说。

"哦，天哪，"威廉说，"就算这一切都是真的，你还是不能说是那个男人逼她自杀的。那种关系的建立需要两个人。这是压迫者和受压迫者之间的契约。不管她做了什么，她一定是想这么做的。"

但我一直坚持。旺达受了他的影响，当她想停下来的时候，他给她看了伪造的剪报，还有一些无疑是伪造的淫秽照片。太过分了。她绝望地发出了一声长长的尖叫，然后跳进了运河。

"在法庭上站不住脚的。"威廉说。他很严厉；但他对自己也很严厉。

现在我把赫克托的文章拿给他看。"都在这里。"我说。

首先，他读了艾玛的信。他针对"……穷人的克尔凯郭尔……"发表了评论："穷人不需要克尔凯郭尔，只需要一份工作。"

"看看那篇文章，"我要求说，"所谓的文章。"

他把它放在一边。"等会儿吧。"他说，"走吧，霍金斯太太，我带你出去吃晚饭。"（威廉还是会不时地叫我"霍金斯太太"，比如他会说"我得少听一点你的建议，霍金斯太太"。）

我们回来的时候楼上吵得很厉害。这不是第一次了，自从我们来到地下室生活，夜晚会被霍华德和弗雷德拉高的声音所干扰，而白天，他们对彼此和所有人都非常温柔亲切。清洁女工托马斯太太从她的房间里出来了。"小伙子们又在忙个不停了。"她说，"这次听上去很严重。我们该上去吗？"

"不，别插手。"威廉说。

"这不会打扰到你学习吗？"托马斯太太说，她实际上是在危机中寻找同伴，就像战争期间在炮火中聚集在一起的人一样。

"我在更可怕的喧闹中学习过。"威廉说着，坚定地关上了我们身后的门。

也许正是因为同性恋行为那时仍然是违法的，才会让那些日子的同性恋者比现在情绪更加狂暴。今晚楼上传来的尖叫比平时糟糕得多，而且很明显，他们在我们头顶上的客厅和办公室里扔东西。他们现在真的在打架，有砰砰的撞击声、喊叫声，还有玻璃破碎的声音。

"我们不该试着阻止他们吗？"我说。

"现在不是时候。"威廉说，他有丰富的街头见识，"你得等他们暂停。然后你再进去，自己开始喊叫。"

"报警吗？"

"如果他们继续这样下去，无论如何警察都会来的。"

有人从地下室的台阶滚了下来，砰的一声撞上了我们的门。是弗雷德，年轻些的小伙子，他英俊的棕色脸盘上沾满了血。"我们需要医生。"他说，"霍华德崩溃了。他伤了自己的腿。"

我们上去了，托马斯太太也跟在后面。霍华德没有伤到自己的腿，他的肋骨断了几根。他躺在办公室铺了地毯的地板上呻吟着。"别担心，"弗雷德跟他说，"我们家里有医生。"

"谁来把这里收拾干净呢？"托马斯太太说。

我们叫救护车把霍华德送进了医院，还在弗雷德脸上贴了膏药。办公室被彻底毁了，手稿被撕烂了，还被打翻的花瓶弄湿了。打字机被扔出了窗外，掉在街上的某个地方。没有人追问原委，也没有人给出一个解释。

我们花了一个星期才重新收拾好办公室。《海格特评论》被搁置了两个月。阿比盖尔和我拼凑了一些打字稿和校对稿，给我们能找到的作者写了道歉信，解释说发生了一起意外，恳求他们重新提交自己的作品。

但大部分文件都没办法复原了，都湿透了，而且被踩得粉碎。我们用整个周末收拾烂摊子，把所有湿的东西都扔出去了。威廉帮了我们一把。

"说到小伙子们，"我记得阿比盖尔这么说，"他们基本上都魅力四射。当同性恋魅力四射的时候，总会给药片裹上糖衣。"

霍华德从医院回了家，在办公室上方自己的房间里卧床休息，而弗雷德温柔地继续自己的工作，安排和蔼可亲的会面，还有鲜花装饰。威廉和我一直待在地下室，就在圣诞节前我们结了婚，再也没有干扰。"是战斗结束了战斗。"威廉说。

但是在阿比盖尔和我——在托马斯太太、木匠和玻璃工的帮助下——把东西整理好，寻找丢失的信件和手稿那第一周里，我在我们自己的公寓里找得最多。赫克托·巴特勒特的文章和艾玛·洛伊的信完全消失了。

"我把它们带下来了，你把它们放哪儿去了，威廉？"我最终还是说了，因为我知道他一定把它们放在什么地方了。

"打完架的第二天早上，我把它们带回了办公室，扔到了那堆残骸里。"威廉说，"它们本来就属于那里。"

"你为什么要这么做？"

"我们这下面没有空间放那种垃圾。"

我去安慰霍华德的时候，他痛苦地卧病在床，在他那堆花中间。"现在下面都收拾好了。"我说，"不过我们几乎失去了所有的信件和手稿。"

"我们会收到更多的，我猜。"霍华德说。

"听我说，"我说，"有一封是艾玛·洛伊写的信。她没有提供任何自己写的东西，但她寄了一篇关于射电电子学的文章，作者叫赫克托·巴特勒特。它丢了，信也丢了。"

"什么是射电电子学？"

"一种巫术。"我说，"那篇文章写得很糟。你听说过赫克托·巴特勒特吗？"

"没有。"他说。

"他是个尿稿人。"我说。

"天哪,能不能别逗我笑?"可爱的霍华德说,按着他可怜的肋骨。

十四

那一年的晚些时候,当我们计划婚礼时,我清醒地躺了一会儿,然后昏昏沉沉地睡着了,我在想旺达会怎么做我的礼服,直到我突然记起她已经死了。

三十多年后,我又见到了赫克托·巴特勒特。是在托斯卡纳①的一家餐厅,这家餐厅建造在一座复原的中世纪城堡里,因但丁曾宿在那里而闻名。大约是下午三点。我们已经吃完午饭了。威廉得去打一个约好的电话到英国,当时英国的时间是下午两点。我们经常去意大利。那天下午,意大利人用轻快活泼的声音歌唱着白天发生的事情。太阳在外面闪耀着,它就像阿波罗一样,照在我们朋友和同伴那些被酒和油浸透的皮肤上,他们开

---

① 意大利的一个行政区。

着阿尔法、菲亚特，还有蓝旗亚①，欢呼着启程。威廉说："你付一下账。我去打电话。"

我付了账，等着找零，然后朝门口走去。服务台周围都是人，大多是来旅游的英国人。有个声音在说这是一个美丽的地方。另一个声音回答说："是的，有大量野花和蝴蝶。"这句话里某种如旅游手册一般的特点让我看向了说这话的人。很瘦，灰白的脸，稀疏的白发——过了这么多年——是赫克托·巴特勒特。他注意到我探寻的目光，也盯着我看，然后认出了我。我相信他周围的人当中，有一些是跟他一起的朋友或者是旅行时认识的。他看着他们，然后回头看着我，开始紧张地笑了起来。

"尿稿人。"我恨恨地低声说道。

他后退了几步，身后的人不得不为他让路；他还发出短促刺耳的笑声，就像打字机一样。

威廉在车里等我。"账结了吗？"他说。

我说："结了。"

肯辛顿已经远去，遥不可及。

———————

① 汽车品牌。

254

A FAR CRY FROM KENSINGTON © Copyright Administration Ltd，1988
Simplified Chinese edition copyright © 2022 by Nanjing University Press
All rights reserved.

江苏省版权局著作权合同登记　图字：10‑2019‑623 号

图书在版编目（CIP）数据

肯辛顿旧事 /（英）缪丽尔·斯帕克著；柏雪译.
—南京：南京大学出版社，2022.2
书名原文：A Far Cry from Kensington
ISBN 978‑7‑305‑24151‑2

Ⅰ.①肯…　Ⅱ.①缪…②柏…　Ⅲ.①长篇小说—英
国—现代　Ⅳ.①I561.45

中国版本图书馆 CIP 数据核字(2021)第 130664 号

出版发行　南京大学出版社
社　　址　南京市汉口路 22 号　　　　邮　编 210093
出 版 人　金鑫荣

书　　名　**肯辛顿旧事**
著　　者　［英］缪丽尔·斯帕克
译　　者　柏　雪
责任编辑　付　裕

照　　排　南京紫藤制版印务中心
印　　刷　徐州绪权印刷有限公司
开　　本　787×1092　1/32　印张 8.375　字数 125 千
版　　次　2022 年 2 月第 1 版　2022 年 2 月第 1 次印刷
ISBN 978‑7‑305‑24151‑2
定　　价　58.00 元

网　　址：http：//www.njupco.com
官方微博：http：//weibo.com/njupco
官方微信：njupress
销售咨询：(025)83594756